AF746272

www.ingramcontent.com/pod-product-compliance
Lightning Source LLC
LaVergne TN
LVHW051124051026
849532LV00004BB/1659
* 9 7 8 9 3 5 8 7 2 6 6 1 9 *

چار شکاری کہانیاں

(کینتھ انڈرسن کی کہانیوں کا اردو ترجمہ)

محمد اقبال قریشی

© Mohd Iqbal Qureshi

Chaar Shikari KahaniyaaN
by: Mohd Iqbal Qureshi
Edition: April '2024
Publisher :
Taemeer Publications LLC (Michigan, USA / Hyderabad, India)

ISBN 978-93-5872-661-9

9 789358 726619

مصنف یاناشر کی پیشگی اجازت کے بغیر اس کتاب کا کوئی بھی حصہ کسی بھی شکل میں بشمول ویب سائٹ پر اَپ لوڈنگ کے لیے استعمال نہ کیا جائے۔ نیز اس کتاب پر کسی بھی قسم کے تنازع کو نمٹانے کا اختیار صرف حیدرآباد (تلنگانہ) کی عدلیہ کو ہوگا۔

© محمد اقبال قریشی

کتاب	:	**چار شکاری کہانیاں**
مصنف	:	**محمد اقبال قریشی**
پروف ریڈنگ / تدوین	:	اعجاز عبید
صنف	:	شکاریات
ناشر	:	تعمیر پبلی کیشنز (حیدرآباد، انڈیا)
سالِ اشاعت	:	۲۰۲۴ء
صفحات	:	۹۶
سرورق ڈیزائن	:	تعمیر ویب ڈیزائن

فہرست

مقدمہ

برطانیہ سے تعلق رکھنے والا ایس۔ کے۔ جیفری ﴿۱۸۷۵ء۔ ۱۹۵۰ء﴾ پولیس انسپکٹر ہونے کے علاوہ ماہر شکاری بھی تھا۔ اس نے اپنی ملازمت کا بیشتر حصہ مشرقی ہندوستان میں منی پور، آسام، الموڑہ، کماؤں اور ترائی کے پر خطر جنگلوں میں بسر کیا۔ دراصل انہی وادیوں اور پہاڑی علاقوں میں ملنے والے بکثرت شکار نے اسے کہنہ مشق شکاری بنایا۔ تعلیم یافتہ ہونے کے باعث وہ اعلیٰ درجے کا داستان گو اور ادیب بھی تھا۔ یہی خصوصیات اسے اپنے نام ور معاصرین، جم کاربٹ اور کینتھ اینڈرسن کے مقابل لا کھڑا کرتی ہیں۔

لیکن کرنل جیفری کی ایک خوبی اسے ممتاز کرتی ہے۔ جم کاربٹ اور کینتھ اینڈرسن فقط شکاری تھے، انھیں درندوں اور آدم خوروں کی تلاش کے دوران ملنے والے انسانوں یا لاشوں کی داستانیں بُننے سے مطلق دلچسپی نہ تھی۔ کرنل جیفری اگر کوئی لاش ملتی تو وہ پولیس افسر ہونے کے ناتے یہ بات ضرور کھوجتا کہ آیا اسے کسی جانور نے ہلاک کیا ہے یا کسی نے قتل کر کے وہاں ڈال دیا۔ اس نے اپنی زندگی کے تمام بڑے بڑے واقعات و حوادث مختلف کتابوں کے بجائے اپنی اکلوتی شکاری تصنیف 'میری آپ بیتی: شکار اور شکاری' ﴿My Autobiography, Hunt and Hunter﴾ میں قلمبند کیے۔ دوسری جنگِ عظیم کے اوائل میں شائع ہونے والی یہ کتاب اب نایاب ہے۔ خوش

قسمتی سے میرے دادا کے زمانے کا ایک بوسیدہ مگر قیمتی نسخہ میرے کتب خانے کی زینت ہے۔ اس سے ہم وقتاً فوقتاً کرنل جیفری کی مہمات اور کارناموں کو اخذ کر کے آپ کی تفریح طبع کے لیے پیش کرتے رہتے ہیں اور کرتے رہے گے۔ ہمیں یقین ہے اس سے قبل اردو زبان میں ایسی کہانیاں آپ نے کم پڑھی ہوں گی۔

﴿مترجم﴾

ہوس درگا کا آدم خور جوڑا

وہ آواز بہت دور سے سنائی دی تھی مگر میری سماعت نے اُسے خوب پہچان لیا، وہ شیرنی کی غراہٹ تھی۔ لٹل وڈ نے بھی یقیناً اسے سن لیا تھا اور مجھ سے پہلے ہی دیوانہ وار باہر کی جانب لپکا۔ میں آندھی اور طوفان کی طرح اس کے پیچھے پیچھے باغ میں پہنچا جہاں لیموں کے ایک خاصے پھیلے ہوئے پودے کے پاس خاصی مقدار میں خون جمع تھا اور شیرنی کے خون آلود پنجوں کے نشانات باہر کی طرف جا رہے تھے۔ کچھ دور کیاریاں تھیں جن کے گرد بانس کی بظاہر خاصی مضبوط باڑ تھی۔ شیرنی باڑ توڑتی ہوئی اپنے شکار سمیت وہاں سے فرار ہوئی تھی۔ ہم دونوں تمام تر احتیاطی تدابیر بالائے طاق رکھتے ہوئے باڑ پار کر گئے۔ لٹل وڈ کا بنگلہ برلبِ جنگل واقع تھا اور ایک پختہ روش بنگلے کی پشت سے جنگل کی طرف جاتی تھی۔ ہم اس روش پر خون کے دھبوں کی راہنمائی میں پھونک پھونک کر قدم اٹھاتے آگے بڑھنے لگے۔ ایک بات کا مجھے رہ رہ کر افسوس ہو رہا تھا کہ شیرنی لٹل وڈ کی بیوی کو میری موجودگی میں اٹھا کر لے گئی تھی اور ہم اسے بچانے کے لیے کچھ بھی نہ کر سکے تھے۔ بیگم لٹل وڈ کی تلاش میں ہمیں زیادہ دور نہ جانا پڑا، وہ ایک خاردار جھاڑی میں اس حالت میں پڑی تھی کہ ان کی گردن غیر فطری انداز میں مڑی ہوئی تھی اور داہنا کاندھا بری طرح چبایا گیا تھا۔ شیرنی نے اس کے علاوہ اسے کوئی نقصان نہ پہنچایا تھا۔ لٹل وڈ تو بیوی کی لاش دیکھ کر جیسے پاگل ہی ہو گیا اور دیوانوں کی طرح اپنے بال نوچتا ہوا اس سے لپٹ گیا۔ میں نے بڑی مشکل سے اُسے لاش سے الگ کیا کیونکہ مجھے یقین تھا کہ شیرنی

نے لاش وہاں یونہی نہیں چھوڑی بلکہ وہ لاش کے ذریعے ہم دونوں کو شکار کرنا چاہتی تھی۔ کسی درندے سے یسی مکاری کی توقع کم ہی کی جاتی ہے لیکن وہ بہر حال ایک آدم خور شیر کی 'رفیقۂ حیات، رہ چکی تھی اور مجھے یقین تھا کہ وہ ہم سے اپنے نر کی موت کا انتقام لے رہی ہے۔ میرا اندازہ کچھ ایسا غلط بھی ثابت نہ ہوا، چند ہی ثانیے بعد عقبی جھاڑیوں سے شیرنی کی غصیلی غراہٹ اُبھری اور میں سرعت کے ساتھ رائفل تیار حالت میں تھامے اُس جانب پلٹ گیا۔ ایک ثانیے کے لیے مجھے شیرنی کی آبگینوں کے مانند دمکتی ہوئی آنکھیں نظر آئیں اور اگلے ہی لمحے وہاں جیسے کچھ بھی نہ تھا۔ تھوڑی دیر بعد جنگل کے وسط سے شیرنی کی غراہٹیں سنائی دیں۔

وہ ایک عجیب لمحہ تھا۔ شیرنی میرے عزیز ترین دوست کی بیوی کی لاش میرے سامنے چھوڑ کر فاتحانہ انداز میں غراتی ہوئی جنگل میں روپوش ہو گئی تھی۔ دل مجھے شیرنی کے تعاقب میں جانے پر اکسارہا تھا جبکہ دماغ کا فیصلہ کچھ اور تھا۔ دوسری طرف میرے ساتھی لٹل وڈ کی حالت اس قدر خراب تھی کہ میں اسے ساتھ لے کر آگے جا سکتا نہ ہی پیچھے چھوڑ سکتا تھا۔ لہٰذا اس وقت میں نے وہی کیا جو ہم دونوں کے حق میں بہتر تھا۔

بیگم لٹل وڈ کی تدفین کے دو ہفتے بعد لٹل وڈ کی حالت کسی حد تک سنبھلی تو اس نے مجھے شیرنی کے تعاقب میں جانے پر تیار کیا۔ میں خود بھی یہی چاہتا تھا کہ جلد از جلد اس آدم خور کو ٹھکانے لگا دوں مگر کوئی نادیدہ قوت مجھے اس کے تعاقب میں جانے سے روک رہی تھی۔ دوسری طرف بیگم لٹل وڈ کے بعد شیرنی نے کسی اور کو شکار بھی نہ کیا تھا۔ عین اُسی روز شام کو موسلا دھار بارش شروع ہو گئی۔ اس وقت میں اور لٹل وڈ باورچی خانے میں کھانے کی میز پر بیٹھے تھے اور ہمارا موضوعِ گفتگو وہی آدم خور شیرنی تھی۔ لٹل وڈ کی سمجھ میں نہ آرہا تھا کہ وہ کیسے اپنے غم و غصے کا اظہار کرے جبکہ میں چاہتے ہوئے بھی بیگم لٹل

وڈ کی یادوں کو ذہن سے محو نہیں کر پا رہا تھا۔ لٹل وڈ کے ہاتھ میں شراب کی بوتل تھی جس سے وہ بار بار گھونٹ بھر رہا تھا، بات بات پر وہ اپنی مرحوم بیوی کو آوازیں دینے لگتا، مجھ سے اس کی یہ حالت دیکھی نہ جا رہی تھی لیکن میں اس کا غم ہلکا کرنے کے لیے کچھ بھی تو نہیں کر سکتا تھا۔ مجھے ڈر تھا کہ کہیں وہ کثرتِ شراب نوشی کے باعث حواس نہ کھو بیٹھے اور پھر وہی ہوا جس کا مجھے ڈر تھا۔ تھوڑی ہی دیر بعد لٹل وڈ نے شراب کی بوتل سامنے والی دیوار پر دے ماری اور باورچی خانے کی دراز سے ریوالور نکال کر ادھ کھلے دروازے سے باہر جھانکنے لگا۔

"آج میں تمہیں زندہ نہیں چھوڑوں گا" وہ گلا پھاڑ کر یوں چیخا جیسے شیرنی اس کی آواز سن رہی ہو۔

میں نے آگے بڑھ کر اس کے ہاتھ سے ریوالور لے لیا اور اُسے واپس لا کر اپنے ساتھ بٹھاتے ہوئے کہا "فکر نہ کرو میرے دوست کل ہم ہر حال میں اس منحوس آدم خور کا قصہ پاک کر دیں گے۔" اس نے میری بات کا کوئی جواب نہ دیا اور میری گود میں سر رکھ کر پھوٹ پھوٹ کر رو دیا۔

اگلی صبح ہم دونوں کیل کانٹے سے لیس ہو کر جنگل کے وسط میں واقع اس تالاب تک گئے جہاں ہم نے آدم خور شیر ہلاک کیا تھا۔ تالاب کے کنارے بہت سے جانوروں کے پنجوں کے نشانات تھے جن میں مجھے شیرنی کے پنجوں کے تازہ نشانات بھی دکھائی دیے۔ جب میں شیرنی کے پنجوں کے نشانات دیکھ رہا تھا تو مجھے اچانک خطرے کا احساس ہوا۔ بارہا خطرات کا مقابلہ کرتے رہنے اور ارادتاً حواس کو جلا دینے کے بعد چند انسانوں میں خطرے کی بو سونگھ لینے کی قدرتی صلاحیت پیدا ہو جاتی ہے۔ کئی شکاری مہمات سر کر لینے کے بعد میرے اندر بھی ایسی ہی پوشیدہ حس بیدار ہو گئی تھی جو خطرات کے موقع پر مجھے

پیشگی خبردار کر دیا کرتی تھی۔ خطرے کا احساس ہوتے ہی میں نے لٹل وڈ کو ہوشیار رہنے کا اشارہ کیا اور رائفل تیار حالت میں تھامتے ہوئے چاروں طرف نظریں دوڑانے لگا۔ کچھ دور جھاڑیوں کا ایک خاصا طویل سلسلہ تھا۔ میری نگاہیں بار بار ان جھاڑیوں کی طرف اُٹھ رہی تھیں حتیٰ کہ میں ہزار کوشش کے باوجود اپنی نگاہیں ان پر سے ہٹا نہیں پا رہا تھا۔ میں نے لٹل وڈ کو عقب میں رہنے کی ہدایت کی اور دبے قدموں جھاڑیوں کے قریب پہنچ کر رک گیا۔ میرے قدموں کے قریب ہی کچی مٹی میں شیرنی کے پنجوں کے تازہ اور واضح نشان نمایاں تھے۔ اس کا مطلب تھا کہ میری چھٹی حس کی نشاندہی غلط نہ تھی۔ میں نے فوراً لٹل وڈ کو خبردار کیا۔ شیرنی کے پنجوں کے نشانات دیکھ کر اُس کی حالت یک دم اُس بچے کی سی ہونے لگی جسے اس کا من پسند کھلونا ہاتھ آ گیا ہو۔ اس کا بس نہ چلتا تھا کہ جھاڑیوں میں گھس کر شیرنی سے دو دو ہاتھ کر لے۔ میں نے بڑی مشکل سے اسے ایسا کرنے سے باز رکھا۔ ان تازہ نشانات اور خطرے کے احساس کے پیش نظر مجھے یقین ہو گیا کہ شیرنی کہیں قریب ہی گھات لگائے بیٹھی ہے۔ اس صورت میں اندھا دھند آگے بڑھنا بلاشبہ خطرناک تھا۔ میں نے لٹل وڈ کو آمادہ کر لیا کہ وہ ایک قریبی درخت پر چڑھ جائے اور اوپر سے میری نگرانی کرے ساتھ ہی میں نے اسے یہ بھی بتا دیا کہ اگر شیرنی مجھ پر حملہ آور ہو تو وہ میری پروا کیے بغیر بلا جھجک گولی چلا دے۔ اس نے تھوڑی دیر تک سوچتے رہنے کے بعد سر کو اثبات میں جنبش دی اور ایک قریبی درخت پر چڑھ گیا۔

میں خاصی دیر تک جھاڑیوں کے باہر کسی بھی قسم کی آواز سننے کا منتظر رہا مگر چرند پرند کی ہلکی پھلکی آوازوں کے علاوہ کوئی آواز میری سماعت سے نہ ٹکرائی۔ میں نے لٹل وڈ کو اشارے سے پوچھا کہ کیا اسے شیرنی نظر آئی مگر اس کا جواب نفی میں تھا۔ اس کا ایک ہی مطلب تھا کہ شیرنی ہماری بو پا کر وہاں سے رخصت ہو چکی تھی۔ میں نے لٹل وڈ کو

درخت سے اُترنے کا اشارہ کیا اور اس کے ہمراہ شیرنی کے پنجوں کے نشانات کا تعاقب کرتے ہوئے جھاڑیاں پار کر گیا۔ ہمارے سامنے وسیع و عریض جنگل تھا مگر دور دور تک شیرنی کا نام و نشان تک نہ تھا۔ وہ لمحہ ایسا تھا کہ میں چاہتے ہوئے بھی واپس نہیں پلٹ سکتا تھا۔ ہم دونوں کو بہر صورت شیرنی کے تعاقب میں جانا تھا۔

لٹل وڈ کا بھی یہی خیال تھا۔ ہم جنگل کے وسط میں پہنچے تھے کہ ایک جھنڈ میں سے ہلکی سی سرسراہٹ سنائی دی پھر اچانک مجھے داہنی طرف ایک سایہ اپنی سمت حرکت کرتا نظر آیا، وہ بلاشبہ شیرنی تھی۔ وہ بڑا نازک لمحہ تھا، شکار بالکل ہمارے سامنے تھا اور ذرا سی بے احتیاطی سارا کھیل بگاڑ سکتی تھی۔ پھر وہی ہوا جس کا مجھے ڈر تھا، اس سے پہلے کہ میں لٹل وڈ کو روک پاتا اس نے جوش میں آکر آگے کی سمت جھکتے ہوئے شیرنی پر گولی چلا دی۔ گولی شیرنی کے بائیں کاندھے میں لگی اور وہ دھاڑتی ہوئی جنگل میں غائب ہو گئی۔ یہ دیکھ کر لٹل وڈ کی مایوسی کی انتہا نہ رہی، ہم دونوں خون کے دھبوں کی راہنمائی میں شیرنی کے تعاقب میں روانہ ہو گئے۔ آگے چل کر گھنی خاردار جھاڑیوں کا طویل سلسلہ شروع ہو گیا، خون کے دھبوں سے ہم نے اندازہ لگایا کہ شیرنی نے وہ جھاڑیاں کسی نہ کسی طرح پار کر لی تھیں بہرحال ان میں سے ہمارا گزرنا ممکن نہ تھا۔ شیرنی کے تعاقب میں جانے کا کوئی دوسرا راستہ اس وقت ہمیں نظر نہ آیا لہٰذا ہم ہاتھ ملتے ہوئے واپس لوٹ گئے۔

لٹل وڈ کا خیال تھا کہ ہمیں شیرنی کو اُس کے ٹھکانے سے نکالنے کے لیے ہانکے کا اہتمام کرانا چاہیے جبکہ میں اس کے حق میں بالکل نہ تھا۔ اس کی دو وجوہات تھیں، پہلی تو یہ کہ میرے اندازے کے مطابق شیرنی آدم خور نہ تھی بلکہ صرف انتقام میں اندھی ہو کر اس نے یہ سب کچھ کیا تھا۔ بعد ازاں لٹل وڈ کے بنگلے کے آس پاس کے علاقے کا جائزہ لینے کے بعد مجھ پر یہ انکشاف ہوا کہ بیگم لٹل وڈ پر حملہ کرنے سے پہلے شیرنی کئی روز تک

بنگلے کا چکر لگاتی رہی تھی، گویا وہ ہم سے انتقام لینے کے لیے موقع کی تلاش میں تھی۔ دوسری طرف میں اس کی مکاری کی داد دیے بغیر بھی نہ رہ سکا کہ اس نے کسی دوسرے انسان کو نقصان پہنچانے کے بجائے سیدھا ہمارے ہی بنگلے کا انتخاب کیا۔ میرا اندازہ تھا کہ اس نے اپنے نر کی موت کے بعد شاید ہمارا تعاقب بھی کیا ہو۔

شیرنی کے زخمی ہونے کے ایک ہی روز بعد لٹل وڈ کو شدید بخار نے آلیا۔ اس کی تیمارداری کی غرض سے میں بنگلے میں اس کے پاس ہی موجود رہا۔ اس دوران ہمیں گاؤں کی اطلاعات ملتی رہیں۔ ہمارے گاؤں اور آس پاس کے تمام دیہہ میں سکون رہا جس کا واضح مطلب تھا کہ یا تو شیرنی زخموں کی تاب نہ لاتے ہوئے اپنے انجام کو پہنچ چکی ہے یا پھر اس علاقے سے کہیں دور چلی گئی ہے۔

ٹھیک تین ماہ بعد ہمارے گاؤں سے سات میل دور واقع ایک گاؤں میں ایک شیرنی تواتر سے دکھائی دینے لگی۔ اتفاق سے جن دنوں اس نے پہلی واردات کی میں ضروری کام سے اس گاؤں کے نمبردار سے ملنے گیا ہوا تھا۔ وہ شام کا وقت تھا جب ایک پجاری دوڑتا ہوا چوپال میں آیا اور شیرنی کے حملے کی اندوہناک خبر ہمیں سنائی۔ اس گاؤں کی حدود سے باہر برلبِ جنگل ایک پرانا مندر تھا جس میں کبھی کبھی پجاری آیا کرتے تھے۔ اس روز چار پجاری پوجا کے بعد اپنے گھر لوٹ رہے تھے جن میں راجو نام کا لڑکا بھی شامل تھا۔ گاؤں سے کچھ دور راجو رفع حاجت کی غرض سے پیچھے رہ گیا۔ جب خاصی دیر تک وہ نہ لوٹا تو اس کے ساتھی اس کی خبر لینے کے لیے اس مقام تک گئے جہاں انہوں نے اسے چھوڑا تھا مگر وہاں راجو کی خون آلود دھوتی اور خون کے بڑے بڑے دھبوں کے سوا انہیں کچھ نہ ملا۔ یہ دیکھتے ہی وہ بھاگ کر گاؤں پہنچے اور نمبردار کو اس واقعے کی اطلاع دی۔ میں اس وقت نمبردار کے پاس ہی موجود تھا مگر بدقسمتی سے میرے پاس رائفل اور دوسرا ضروری سامان

موجود نہیں تھا۔ بہر حال میں نمبر دار اور اس کے ساتھیوں کے ہمراہ جائے وقوعہ کا معاینہ کرنے گیا تو مجھ پر یہ انکشاف ہوا کہ یہ واردات کسی اور نے نہیں بلکہ ہماری پرانی شناسا اُسی شیرنی کی تھی جس نے لٹل وڈ کی بیوی کو اپنا شکار بنایا تھا۔ میں نے گاؤں والوں کو شیرنی کا پس منظر بتانا ضروری نہ سمجھا اور نمبر دار کے ایک آدمی کے ہاتھ اپنے گاؤں سے اپنی رائفل اور دوسرا سامان منگوا لیا۔ بد قسمتی سے لٹل وڈ اپنی بیوی کی وفات کے بعد غم زدہ رہنے لگا تھا اور ہندوستان میں اس کا دل بالکل نہیں لگ رہا تھا لہٰذا وہ کچھ ہی عرصہ قبل انگلستان واپس لوٹ گیا تھا۔ اگر وہ ہندوستان میں ہوتا تو مجھے اسے اپنی مہم میں شریک کر کے بے پناہ مسرت ہوتی مگر اب مجھے اپنے دوست کی بیوی کا انتقام اکیلے ہی لینا تھا۔

تھوڑے ہی عرصے میں شیرنی کی وارداتوں میں تیزی آگئی۔ اُس نے تقریباً ساٹھ ستر مربع میل کے علاقے کو اپنی شکار گاہ بنالیا تھا۔ میرے لیے سب سے بڑا مسئلہ یہ تھا کہ میں اکیلا تھا اور شیرنی حد درجہ مکار تھی۔ وہ اپنے شکار پر لوٹ کر نہ آتی تھی، جہاں ایک واردات کرتی دوسری واردات اس سے بہت دور کسی گاؤں میں کرتی گویا میرے لیے یہ اندازہ لگانا ممکن ہی نہ تھا کہ شیرنی کی اگلی منزل کہاں ہو گی۔ اگر یہ کہا جائے کہ میں ایک ماہ تک اس کے تعاقب میں پاگلوں کی طرح سر گرداں رہا تو غلط نہ ہو گا۔

خاصی تگ و دو کے بعد میں دریا کے کنارے اس مقام کا سراغ لگانے میں کامیاب ہو گیا جہاں شیرنی وقتاً فوقتاً اپنی پیاس بجھانے آیا کرتی تھی۔ اپنے دوست نمبر دار کے مشورے سے میں نے تین بیلوں کا انتظام کیا اور انہیں اس مقام پر بندھوایا جہاں سے شیرنی گزر کر دریا تک آتی تھی۔ یہاں میں یہ تذکرہ ضروری سمجھتا ہوں کہ لٹل وڈ کے ہاتھوں زخمی ہونے کے بعد میں نے شیرنی کے پنجوں کے نشانات میں پلاسٹر آف پیرس بھروا کے اپنے پاس محفوظ کر لیا تھا۔ مقصد صرف یہ تھا کہ شیرنی کے تعاقب میں آسانی

رہے۔ اب اس آدم خور کی شناخت میں پلاسٹر آف پیرس کے انہی سانچوں نے مرکزی کردار ادا کیا تھا۔ بیلوں کو باندھ کر اور ان کے چارے وغیرہ کا بندوبست کر کے میں اگلے دو دن رائفل لیے اس امید پر جنگل میں ہر سمت پھرتا رہا کہ شاید کہیں شیرنی کے پنجوں کے تازہ نشان مل جائیں یا شیرنی سے ہی آمنا سامنا ہو جائے۔

دوسرے دن صبح ہی صبح میں نے گند لام دریا میں ریت پر شیرنی کے تازہ نشانات دیکھے وہ رات کے وقت آئی تھی اور دریا میں سے گزر کر بیل کے قریب تھوڑی دیر رک کر آگے نکل گئی تھی اور وہاں سے ہوتی ہوئی ساتھ والی پہاڑی عبور کر کے موضع آچسٹی کی سمت چلی گئی تھی۔ آگے چل کر زمین سخت ہو گی تھی جس کے باعث اس کے پنجوں کے نشان نظر نہیں آئے۔

تیسری صبح میں پھر اس کی تلاش میں نکل کھڑا ہوا۔ تین چار گھنٹے آوارہ گردی کے بعد میں واپس آیا اور گرم پانی سے غسل کرنے کی تیاری کر رہا تھا کہ آچسٹی کے نمبر دار کی قیادت میں دیہاتیوں کا ایک گروہ میرے پاس آیا۔ انہوں نے مجھے بتایا کہ آچسٹی سے بمشکل ایک میل کے فاصلے پر یک چھوٹے سے گاؤں میں آج صبح شیرنی نے ایک آدمی ہلاک کر دیا ہے۔ وہ شخص مویشیوں والی حویلی میں سویا ہوا تھا۔ علی الصباح کچھ آوازیں سنائی دیں۔ وہ تجسس کے تحت باہر نکلا مگر پھر واپس نہیں آیا۔ بعد میں اس کا بھائی اور بیٹا اس کی عدم موجودگی کی وجہ معلوم کرنے باہر گئے اور انہیں حویلی سے کچھ فاصلے پر اس کا کمبل پڑا ملا اور سخت زمین میں شیرنی کے پنجوں کے دھندلے نشان بھی نظر آئے۔ وہ خوف زدہ ہو کر گاؤں کی جانب بھاگے اور وہاں سے کچھ اور آدمیوں اور نمبر دار کو لے کر میرے پاس آئے تھے۔ میں نے غسل کیا اور جلدی سے کھانا کھا کر ان لوگوں کے ہمراہ پہلے آچسٹی اور وہاں سے اس گاؤں پہنچ گیا۔ وہ مقام جہاں شیرنی نے اپنے شکار پر حملہ کیا

تھا اور بد قسمت انسان نے آواز تک نہ نکالی تھی، سخت اور پتھریلا تھا جس کے باعث شیرنی کے پنجوں کے نشانات واضح نہ تھے۔ یہاں آس پاس کی کانٹے دار جھاڑیوں نے ہماری مدد کی کیونکہ جب شیرنی اپنے شکار کو اٹھائے واپس جنگل میں جا رہی تھی تو اس بد قسمت شخص کا لباس جھاڑیوں میں پھنس کر تار تار ہو گیا تھا اور اس کے چیتھڑے کانٹوں میں الجھے ہوئے تھے۔

کوئی دو سو گز کا فاصلہ طے کر کے شیرنی نے اپنا شکار ایک گھنے سایہ دار درخت کے نیچے گرا دیا تھا، تھوڑی دیر سستانے کے بعد وہ اُسے اٹھا کر جنوب کی سمت دریائے کاوری کی طرف چل پڑی جو وہاں سے تقریباً تیس میل کے فاصلے پر تھا۔

اس کے بعد کھوج کا کام آسان ہو گیا کیونکہ اب خون کے دھبے جھاڑیوں کے پتوں پر جا بجا نظر آنے لگے تھے۔ مزید سو گز چلنے پر ہمیں اس شخص کی قمیص نظر آئی جو ایک جھاڑی میں الجھی ہوئی تھی۔ چلتے چلتے ہم ایک خشک نالے تک پہنچ گئے جہاں شیرنی کے پنجوں کے نشان بالکل واضح طور پر ثبت تھے اور ایک طرف لاش گھسیٹے جانے کی لکیر تھی۔ اس سے صاف ظاہر تھا کہ شیرنی نے آدمی کو پشت سے پکڑ رکھا تھا اور آدمی کا پاؤں زمین سے رگڑ کھا رہا تھا۔

ساتھیوں کو وہیں کھڑا رہنے کی تلقین کر کے میں اکیلا ہی پھونک پھونک کر قدم اُٹھاتا آگے بڑھنے لگا۔ میری آگے بڑھنے کی رفتار بڑی مدھم تھی کیونکہ میں بڑی احتیاط سے پہاڑیوں میں سے راستہ بنا رہا تھا۔ مجھے ڈر تھا کہ شیرنی کسی تعاقب کرنے والے کا خاتمہ کرنے کی خاطر آس پاس چھپی بیٹھی ہو۔ نالے کے دو موڑ مڑنے پر مجھے ایک چٹان نظر آئی جو نالے کے اوپر سایہ فگن تھی۔ حتی الامکان چٹان کی مخالف سمت رہتے ہوئے میں نے آگے بڑھنے کی رفتار تیز کر دی، غور سے دیکھنے پر مجھے چٹان کی دوسری سمت اس بد قسمت

انسان کا جسم پڑا نظر آیا۔

شیرنی پیٹ بھر کر وہاں سے رخصت ہو چکی تھی۔ اس نے اپنا شکار نصف سے زیادہ کھا لیا تھا۔ یہ یقین کر کے شیرنی گرد و نواح میں موجود نہیں ہے میں دیہاتیوں کی طرف لوٹ آیا۔ شیرنی نے جس انداز میں اپنا شکار جھاڑیوں سے ڈھانپ دیا تھا اس سے میں نے اندازہ لگایا کہ اس کی فطرت آہستہ آہستہ آدم خوروں کی طرز پر بدل رہی ہے۔ مجھے قوی امید تھی کہ اب کی بار وہ اپنے شکار پر لوٹ کر ضرور آئے گی۔ مجھے شروع میں یہ بھی شک گزرا کہ مبادا یہ کوئی دوسری شیرنی ہو لیکن پنجوں کے نشانات کا اپنے پاس موجود سانچوں سے موازنہ کرنے کے بعد مجھے یقین ہو گیا کہ یہ وہی شیرنی تھی۔ اس امر کا قوی امکان تھا کہ ابتدا میں انتقاماً کارروائیاں کرنے والی وہ شیرنی لٹل وڈ کی گولی سے زخمی ہونے کے بعد دوسرے جانوروں کا شکار کرنے کے قابل نہ رہی اور اس نے باقاعدہ آدم خوری اختیار کر لی تھی۔ دیہاتیوں کو ساتھ لے کر میں اسی جگہ واپس آیا اور ہم نے مل کر اس کے قریب ہی ایک چھوٹی سی مچان تیار کرنے کا فیصلہ کیا۔ مجھے یقین تھا کہ شیرنی اپنا بچا کھچا شکار کھانے کے لیے سورج غروب ہونے سے پہلے پہلے ضرور آئے گی۔ مچان تیار کرنے کے لیے اس سے زیادہ غیر موزوں جگہ کا تصور نہیں کیا جا سکتا۔ آس پاس کوئی درخت نہ تھا جس پر مچان تیار کی جا سکتی یا جس میں چھپ کر میں بیٹھ سکتا۔ فقط دو صورتیں تھیں۔ پہلی تو یہ تھی کہ میں نالے کی دوسری سمت بیٹھ جاتا جہاں سے ادھ کھائی لاش صاف دکھائی دیتی تھی۔ دوسری صورت یہ تھی کہ نالے پر سایہ فگن چٹان کے بالائی حصے میں ایک چھجا سا بنا ہوا تھا۔ میں اس میں چھپ کر بیٹھ جاتا اس چھجے سے چار فٹ اوپر تک چٹان چلی گئی تھی جس کے باعث وہ چھجا ایک کمین گاہ بن گیا تھا۔ پہلی تجویز میں نے رد کر دی کیونکہ آدم خور کے سلسلے میں ایسا خطرہ مول لینا جان سے کھیلنے کے مترادف تھا۔ دوسری صورت مجھے معقول

نظر آئی میں اپنے سامنے پھیلے ہوئے نالے کی دائیں اور بائیں جانب بخوبی دیکھ سکتا تھا بائیں جانب تقریباً تیس گز تک، پھر وہ ایک دم داہنی سمت کو مڑ جاتا تھا۔ بڑی خاموشی اور احتیاط سے میں نے دیہاتیوں کی مدد سے خاردار جھاڑیوں کی کچھ شاخیں کاٹیں۔ یہ شاخیں ان جھاڑیوں سے مشابہ تھیں جو چٹان کے گردونواح میں اگی ہوئی تھیں، مقصد یہ تھا کہ شیرنی کو کسی قسم کا شبہ نہ ہو۔ یہ شاخیں ہم نے بڑی ہوشیاری سے چٹانی چھجے کے نیچے رکھ دیں تاکہ میں نالے کی سمت سے نظر نہ آسکوں۔ خوش قسمتی سے میں اپنے ہمراہ کمبل اور پانی کی بوتل لے آیا تھا۔ چاندرات کے باعث مجھے ٹارچ کی ضرورت نہ تھی۔ سہ پہر کے تین بجے میں چٹان کے اوپر سے اتر کر چھجے میں چھپ کر بیٹھ گیا اور دیہاتیوں سے کہا کہ وہ چلے جائیں۔ اب میری ہدایات کے مطابق انہوں نے اگلی صبح میرے لیے کھانا لے کر آنا تھا۔

دن آہستہ آہستہ ڈھل رہا تھا۔ ننگی چٹان پر سورج کی شعاعیں سیدھی پڑ رہی تھیں۔ اور میں پسینے میں شرابور تھا۔ میری نگاہیں نالے کے دونوں جانب لگی ہوئی تھیں۔ تپتی زمین سے ٹکرا کر لوٹنے والی شعاعوں کی تپش میں کوئی شے حائل نہ تھی۔

وقت گزرتا گیا اور آخر سورج کا دہکتا گولا دور گھنے درختوں سے گھری پہاڑیوں کے پیچھے چھپ گیا۔ ڈوبتے دن کو الوداع کہنے کے لیے ہر سمت سے پرندوں کی تازہ آوازیں سنائی دینے لگیں۔ اس کے ساتھ ہی جنگل میں سے موروں کی کوک بھی سنائی دینے لگی تھی۔ میں نے اس آواز کو خوش آمدید کہا کیونکہ میں جانتا تھا کہ مور سے بڑھ کر جنگل میں کوئی اور جانور چوکنا نہیں ہوتا اور اگر اس نے شیرنی کو دیکھ لیا تو وہ مجھے فوراً اس کی آمد سے مطلع کر دے گا۔ اب شیرنی کی آمد متوقع تھی۔ میں خبردار ہو کر بیٹھ گیا اور اس کا انتظار کرنے لگا لیکن وہ نہ آئی۔ خاصی دیر بعد موروں کی آواز آنا بھی بند ہو گئی، شاید وہ اڑ کر دور

چلے گئے تھے۔

سورج ڈھلنے کے ساتھ ہی چاند نکل آیا، میں اس کی روشنی میں دن کے اجالے کی طرح گرد و پیش کا نظارہ کر سکتا تھا۔ دن کے پرندے آرام کرنے چلے گئے تھے اور ان کی جگہ طائران شب نے لے لی تھی۔ ہر طرف موت کا سا سکوت چھا گیا۔ میری نگاہ انسانی لاش پر جا پڑی۔ خوش قسمتی سے اس کا سر دوسری سمت تھا جس کے باعث میں اس کے چہرے کے مسخ خدوخال نہ دیکھ سکتا تھا جنہیں میں اس سے پہلے سہ پہر کو دیکھ چکا تھا۔ یکایک ایک ہرن کی آواز نے سکوت شب کی چادر تار تار کر دی۔ اس کے ساتھ ہی کسی خوفزدہ سانبھر کی آواز تقریباً نصف میل کے فاصلے سے سنائی دے رہی تھی۔ اتنے میں نالے کے اندر سے بھی کوئی پرندہ زور زور سے چلانے لگا۔ میں نے اطمینان کی سانس لی اور اپنے پٹھوں اور نسوں کو آخری اقدام سے پہلے مل مل کر بیدار کرنے لگا۔ میرے دوست حیوان بڑی ذمہ داری سے اپنا فرض انجام دے رہے تھے۔ میں جان گیا تھا کہ انہوں نے شیرنی کو اس طرف آتے دیکھ لیا ہے۔

آخر پرندوں اور حیوانوں کی آوازیں بتدریج سکوت میں ڈھل گئیں۔ اس کا یہ مطلب تھا کہ شیرنی ان کی حدود سے گزر کر بالکل قریب پہنچ گئی ہے۔ میں آنکھوں پر زور دے کر نالے کے موڑ کی سمت دیکھنے لگا جہاں سے شیرنی کسی وقت بھی نمودار ہو سکتی تھی۔ اسی کیفیت میں پچاس منٹ گزر گئے، چاندنی میں میری گھڑی کی سوئیاں اور حروف صاف دکھائی دے رہے تھے۔ عجیب بات تھی، شیرنی کو اب تک یہاں پہنچ جانا چاہیے تھا اور نصف میل کا فاصلہ طے کرنے میں اُسے اتنی دیر نہ لگنی چاہیے تھی۔ تب یکایک ایک فوری خطرے کے احساس نے مجھے اپنی گرفت میں لے لیا۔ وہ مبہم چھٹی حس جو ہم سب کے اندر ہوتی تو ہے مگر جس کی نشوونما بہت کم لوگ کرتے ہیں اچانک ہی میرے اندر

بیدار ہو گئی تھی۔ مجھے کوئی شبہ نہ رہا کہ میری تمام حفاظتی تدابیر کے باوجود شیرنی کو میری موجودگی کا احساس ہو گیا ہے اور اب وہ چھپ کر مجھ پر حملہ کرنے والی ہے۔

جو لوگ جنگل سے واقف ہوں، خطرے کے وقت بڑی تیزی سے سوچتے ہیں۔ اس وقت میری جو حالت تھی اس کا اندازہ وہی لگا سکتا ہے جس کا کبھی ایسی صورت حال سے پالا پڑا ہو۔ میرا جسم پسینے کے ٹھنڈے قطروں سے بھیگا ہوا تھا۔ میں جانتا تھا کہ شیرنی نہ تو نالے کی سمت ہے اور نہ ہی میرے نیچے ورنہ اب تک میں اسے دیکھ چکا ہوتا۔ شاید وہ نالے کے دوسرے کنارے گھنی جھاڑیوں میں چھپی میری نقل و حرکت کا جائزہ لے رہی تھی، لیکن اگر وہ اس قدر دور ہوتی تو میرے خطرے کی حس مجھے یک دم پریشان نہ کرتی۔ یا تو وہ میرے اوپر تھی یا میرے نیچے۔ اچانک مجھے خیال آیا کہ میرے عقب میں چار فٹ اونچی چٹان کی دیوار میرے مڑ کر دیکھنے میں مانع ہے۔ اس سے اوپر جھانکنے کی فقط یہی صورت تھی کہ میں تھوڑا سا اوپر اٹھتا اگرچہ اس حالت میں صحیح نشانہ لے کر گولی نہ چلائی جا سکتی تھی۔ پیش بینی کی اس خامی پر میں نے وقتی طور پر خود کو ملامت کیا۔ میں اسی تذبذب میں گرفتار تھا کہ اگلے لمحے چند پتھر چٹان کی چوٹی سے سرک کر نیچے آئے جو شاید شیرنی کے پاؤں سے اکھڑ گئے تھے۔ بلاشبہ اب شیرنی میرے بہت قریب تھی اور مجھ پر حملہ کرنے کے لیے اپنا جسم تول رہی تھی۔

میں نے مزید دیر نہ کی اور اپنی سوئی ہوئی ٹانگوں پر زور دے کر اکڑوں حالت میں اوپر اٹھا، رائفل کی نالی اپنے چہرے کے متوازی لے آیا، تب میں نے خود کو تھوڑا اوپر اٹھایا حتیٰ کہ میری آنکھیں اور رائفل کی نالی ایک ساتھ چٹان سے اوپر ہوئیں۔

میری زندگی کا سب سے خوفناک منظر میرا منتظر تھا۔ شیرنی مجھ سے بمشکل آٹھ فٹ کے فاصلے پر پیٹ کے بل چٹان کے اوپر رینگتی ہوئی میری سمت آ رہی تھی۔ لمحہ بھر ہم

حیرت سے ایک دوسرے کو دیکھتے رہے اور پھر تقریباً ایک ساتھ حرکت میں آ گئے۔ شیرنی دل دہلا دینے والی بھرپور دھاڑ کے ساتھ مجھ پر حملہ آور ہوئی اور اسی لمحے میں نے رائفل کا گھوڑا دبا دیا۔ میرے کان سے فقط چند انچ کے فاصلے پر رائفل کی گرج اور اس میں ملی ہوئی شیرنی کی خوفناک دھاڑ، دونوں نے ایک ایسی آواز پیدا کی جو آج تک میرے خوابوں میں عود کر آتی ہے تو میں ہڑبڑا کر اٹھ بیٹھتا ہوں اور میرا سارا جسم خوف سے کانپنے لگتا ہے۔

مجھے یقین تھا کہ شیرنی نے اس چھجے کا اندازہ نہ کیا تھا جس کے پیچھے میں پناہ گزیں تھا۔ گولی کی آواز، شعلے کی چمک اور اپنا وار خطا جانے سے وہ کچھ ڈر سی گئی اور اس نے راہ فرار اختیار کی۔ نتیجتاً اس نے میرے سر کے اوپر سے چھلانگ لگائی۔ ایسا کرتے وقت اس کی ایک پچھلی ٹانگ میری رائفل کی نال سے ٹکرائی جس کے باعث رائفل میرے ہاتھ سے گر کر دور نرم ریت پر جا پڑی جہاں ادھ کھائی لاش پڑی ہوئی تھی۔ گولی سے بھی زیادہ تیزی کے ساتھ شیرنی نالے تک پہنچ گئی اور وہاں سے دو ہی چھلانگوں میں دھاڑتی ہوئی مخالف کنارے کی گھنی جھاڑیوں میں نظروں سے اوجھل ہو گئی۔ صدمے کی شدت سے تھوڑی دیر تک تو مجھے پتا نہ چلا کہ مجھ پر کیا بیت گئی ہے۔ جب میں اس کیفیت سے نکلا تو مجھے اچانک احساس ہوا کہ میں غیر مسلح اور بے مدد ہوں اور اگر شیرنی لوٹ آئے تو میں اس کا کچھ نہیں بگاڑ سکتا۔ دوسرا امکان یہ بھی تھا کہ اگر شیرنی زخمی ہو کر سامنے والے کنارے کی جھاڑیوں میں چھپی ہوتی تو میرا چھجے سے اتر کر رائفل پکڑنے جانا بلاشبہ خطرے سے خالی نہ تھا۔ لیکن تذبذب کی حالت میں گرفتار رہنے سے کچھ کر گزرنا بہتر تھا، میں بجلی کی تیزی سے اپنی کمین گاہ سے نکلا اور رائفل تک جا پہنچا۔ ہر لمحہ مجھے یہی خطرہ لگا تھا کہ ابھی شیرنی کی دہشت ناک گرج سنائی دے گی اور وہ میرے اوپر ہو گی لیکن جتنا عرصہ مجھے یہ

کیفیت بیان کرنے میں لگا ہے، میں اس سے بہت کم مدت میں رائفل اٹھا کر دوبارہ اپنی جگہ آ چکا تھا۔ رائفل کا فوری معاینہ کرنے پر معلوم ہوا کہ اسے کوئی نقصان نہ پہنچا۔ اب میں سوچ رہا تھا کہ کیا شیرنی کو گولی لگی تھی یا اس قدر نزدیک سے بھی میرا نشانہ خطا گیا تھا۔ تب مجھے اپنے پیچھے تقریباً دو فٹ کے فاصلے پر چٹان کی دیوار پر کوئی کالی اور سفید چیز پڑی نظر آئی۔ میں نے اسے اٹھا کر دیکھا تو وہ شیرنی کی کھال کا ایک ٹکڑا تھا جو گولی لگنے سے الگ ہو گیا تھا۔ وہ ابھی تک گرم تھا اور زیادہ تر بالوں اور جلد پر مشتمل تھا۔ شاید اسی باعث اس کے کناروں سے خون نہ نکلا تھا۔

اگر یہ کہا جائے کہ وہ میری شکاریانہ زندگی کا سب سے مایوس کن لمحہ تھا تو غلط نہ ہو گا۔ میں شیرنی کو ہلاک تو کجا ٹھیک طور پر زخمی بھی نہ کر سکا تھا۔ گولی چھو کر گزر جانے سے اس کا کچھ نہ بگڑا تھا۔ چند روز کی تکلیف کے بعد وہ ٹھیک ہو جائے گی۔ اس کا سب سے بڑا نقصان یہ تھا کہ اب وہ کبھی اپنے شکار کے پاس دوبارہ نہ آئے۔ اب وہ زیادہ چالاک، خطرناک اور تخریبی ہو جائے گی کیونکہ اب وہ اپنا شکار فوراً کھا لیا کرے گی اور بھوک لگنے پر دوبارہ نئے شکار کی تلاش میں نکل کھڑی ہوا کرے گی۔ یوں اس کی ہلاکت خیز سرگرمیوں میں اضافے کا بھی اندیشہ تھا۔ جس سے اس کی وارداتوں کی تعداد بڑھ جائے گی۔ ممکن ہے اب وہ اپنی سرگرمیوں کا دائرہ بھی بدل لے اور ملک کے کسی دوسرے حصے میں چلی جائے جہاں لوگ اس کی آمد سے بے خبر ہوں اور آسانی سے اس کا لقمہ بن جائیں۔ میں ساری رات خود کو کوستا رہا اور امید کے خلاف صبح شیرنی کی دوبارہ آمد کی آس لگائے بیٹھا رہا۔ صبح کے وقت جب دیہاتی آئے تو انہوں نے مجھے سردی سے اکڑا پایا۔ میری مایوسی ناقابل بیان تھی۔ گرم چائے اور ٹوسٹ کے بعد پائپ کے چند کشوں نے میرے حواس درست کیے اور میں نے ذرا ٹھنڈے دل سے صورت حال کا جائزہ لیا۔ اگر

میری چھٹی حس نے ساتھ نہ دیا ہوتا تو اس وقت میں بھی پہلی لاش کے پہلو بہ پہلو مسخ حالت میں پڑا ملتا۔ ہم خون کے دھبے دیکھتے اس مقام تک گئے جہاں شیرنی چھلانگ لگانے کے بعد گری تھی مگر وہاں چند قطروں کے سوا کچھ دکھائی نہ دیا اس کا مطلب یہ تھا کہ اس کے زخم زیادہ کاری نہ تھے۔ وہاں سے ہم نالا عبور کر کے ان جھاڑیوں میں گئے جہاں شیرنی چھپ گئی تھی۔ وہاں بھی جھاڑیوں کے پتوں پر خون کا اکا دکا قطرہ نظر آیا۔ تھوڑی دور تک خون کے نشانات دکھائی دیتے رہے اور پھر معدوم ہو گئے۔ اس طرح مایوس انسانوں کی وہ جماعت واپس لوٹ آئی۔

میں مزید دس دن دریائے کاوری کے علاقے میں رہا اور جگہ جگہ بچھڑے باندھ کر شیرنی کو ترغیب دیتا رہا۔ خود مجھے کامیابی کی بہت کم امید تھی۔ میں صبح اور سہ پہر کا وقت شیرنی کے پنجوں کے کھوج میں گنوا دیتا اور رات رات بھر چشموں اور دریا کے کنارے شیرنی کے انتظار میں بیٹھا رہتا لیکن میری سب جدوجہد اکارت گئی۔ دن کی روشنی میں دیہاتیوں کے گروہ ہر سمت شیرنی کی تازہ واردات کی خبر حاصل کرنے جاتے مگر ناکام لوٹتے۔ بظاہر شیرنی نے انسانی شکار کا سلسلہ ترک کر دیا تھا اور کسی دوسرے علاقے کی طرف چلی گئی تھی۔ گیارہویں دن میں نے کاوری کو خیر آباد کہا اور وہاں سے آچستی اور آچستی سے دھنک کوٹ چلا آیا وہاں سے میں ہوسر آیا جہاں میرا ایک دوست سب کلکٹر رہتا تھا اسے ساری کہانی سنانے کے بعد میں نے اس سے وعدہ لیا کہ جونہی شیرنی کی کسی تازہ واردات کی خبر اس تک پہنچے وہ مجھے فوراً خط لکھ کر بلا لے کیونکہ شیر سے اس علاقے کے عوام کا بچاؤ اب میں اپنا فرض سمجھتا تھا۔ وہاں سے میں اپنے گھر بنگلور چلا آیا۔ پانچ ماہ گزر گئے۔ اس دوران میرے دوست سب کلکٹر نے مجھے تین خط لکھے جس میں کسی شیر نے دور کے اضلاع میں تین انسانوں کو ہلاک کیا تھا۔ دو دریائے کاوری کے اس پار اور

ایک ریاست میسور کی سرحد پر۔ تب اچانک ایک دن مجھے ایک بری خبر ملی۔ ہوس دُرگا میں پھر ایک آدم خور شیر آگیا تھا اور اس نے ایک شخص کو ہلاک کر دیا تھا اور دوسری شام سیتارام نامی گاؤں کے مندر کے دروازے پر سے بوڑھے برہمن کو اٹھا لے گیا تھا جو اس مندر میں چالیس برس سے رہ رہا تھا۔ خط میں مجھے جلد پہنچنے کی تاکید کی گئی تھی۔

سیتارام پہنچ کر خوش قسمتی سے مجھے پجاریوں کے ایک ایسے گروہ سے بات کرنے کا موقع مل گیا جنہوں نے مندر کے بوڑھے برہمن کو اپنی آنکھوں سے موت کا نوالہ بنتے دیکھا تھا۔ وہ پوجا کی خاطر مندر کی سمت جا رہے تھے کہ انہیں مندر سے تیس گز کے فاصلے پر ایک بڑے سے پیپل کے درخت کے نیچے غراہٹ کی ہلکی سی آواز سنائی دی اور پھر ایک شیر بھاگ کر جنگل میں چھپ گیا وہ بے حد خوفزدہ ہوئے اور مندر کے اندر گھس کر دروازہ بند کر لیا۔ مندر کو خالی دیکھ کر وہ بڑے پریشان ہوئے اور جب ان کی نظر پیپل کے درخت کے نیچے بوڑھے برہمن کی لاش پر پڑی تو وہ خوف وہراس سے کانپنے لگے۔ تھوڑی دیر بعد وہ ایک گروہ کی شکل میں باہر نکلے اور صورتِ حال کا جائزہ لینے کے بعد اس نتیجے پر پہنچے کہ شیر نے بوڑھے برہمن پر مندر کے بالکل قریب حملہ کیا تھا اور پھر اسے کھانے کی خاطر پیپل کے درخت کے نیچے لے گیا تھا۔ شیر لاش کا کچھ حصہ کھا چکا تھا کہ پجاریوں کا گروہ مخل ہو گیا۔

میں نے ان پجاریوں سے خاص طور پر یہ دریافت کیا کہ کیا شیر لنگڑا تھا یا نہیں مگر وہ تو انتہائی خوفزدہ تھے، شیر میں اس قسم کی کوئی خامی تلاش کرنے کی ہمت انہیں کہاں تھی۔ مجھے یقین تھا کہ اُس علاقے کے مکینوں کو غلط فہمی ہوئی ہے اور وہ شیر نہیں بلکہ وہی شیرنی ہے جس کی ایک عرصے سے مجھے تلاش تھی۔ بعد ازاں پنجوں کے نشانات کا اپنے پاس موجود سانچوں سے موازنہ کرنے کے بعد میرے خیالات درست ثابت ہوئے۔

میں تین آدمیوں کے ہمراہ تیزی سے سیتارام مندر کی طرف روانہ ہوا اور شام کے قریب وہاں پہنچا۔ سفر کے آخری دو میل بڑے بے آرامی میں گزرے۔ ایک تو راستہ ڈھلوان تھا اور دوسرا وہاں بانس کے درخت کثرت سے اُگے ہوئے تھے جو قدم قدم پر ہمارا راستہ روک لیتے۔ راستے میں ہمیں کوئی حادثہ پیش نہ آیا۔

منزل پر پہنچ کر میں رائفل لیے کھڑا رہا اور میرے تینوں ساتھی لکڑیاں جمع کرتے رہے جن سے ہمیں الاؤ روشن کرنا تھا۔ وہ اندھیری راتیں تھیں اور ایسے میں آدم خور کے انتظار میں بیٹھنا بے حد خطرناک تھا۔ تھوڑی دیر بعد مندر کے سامنے ایک الاؤ دہک رہا تھا۔ چند قدم پر گھنا جنگل تھا جس میں آدم خور بڑی آسانی سے چھپ کر ہماری ہر نقل و حرکت کا جائزہ لے سکتی تھی اور ہم اس کا کچھ نہیں بگاڑ سکتے تھے۔ کبھی کبھی کسی ہرن کی آواز سنائی دیتی مگر ایک ساتھ متواتر سنائی نہ دیتی جیسا کہ جنگلی جانور یا پرندے اپنا کوئی دشمن دیکھ لینے کی صورت میں کرتے ہیں۔ نصف شب کے بعد ہم نے فیصلہ کیا کہ دو دو کے گروہ میں بٹ کر باقی رات گزاری جائے۔ پہلے میں اور میرے ایک ساتھی نے پہرہ دینا تھا۔ دوسرے دو آدمی سو گئے۔ جتنی دیر ہم جاگتے رہے کوئی غیر معمولی واقعہ پیش نہ آیا۔ کبھی کبھی کوئی بھٹکا ہوا جانور ادھر آ نکلتا اور آگ دیکھ کر دم دبا کر بھاگ جاتا۔ تین بجے ہم نے سوئے ہوئے ساتھیوں کو جگا دیا اور خود سو گئے۔ رات کا باقی حصہ میں گہری نیند سویا صبح جب میری آنکھ کھلی تو جنگلی مرغ کی تازہ آواز کہیں قریب سے آ رہی تھی۔

ہم نے وہیں چائے تیار کی اور ساتھ لایا ہوا کھانا کھایا جس سے ہمارے اندر تقویت کی لہر دوڑ گئی۔ اس کے بعد میں پیپل کے درخت کے نیچے گیا اور بوڑھے برہمن کی بچی کھچی لاش کا جائزہ لیا، دن کے وقت گِدھوں اور رات کو گیدڑوں نے اُس پر خوب ہاتھ صاف کیے تھے کیونکہ اب وہاں بوڑھے کی صرف ہڈیاں رہ گئی تھیں۔ اگلا گھنٹہ ہم شیرنی کے

پنجوں کے نشانات کی تلاش میں اس امید پر پھرتے رہے کہ شاید اس تک پہنچ سکیں۔ شام پانچ بجے ہم واپس گاؤں پہنچ گئے۔ یہاں پہنچتے ہی میں نے آدم خور کے متعلق اطلاعات حاصل کرنا شروع کر دیں۔ صحیح اطلاعات مجھے ایک گڈریے سے ملیں جو اپنے مویشیوں کو اس دریا سے پانی پلایا کرتا تھا جہاں میں نے پہلی مرتبہ شیرنی کو ترغیب دینے کی خاطر ایک بیل باندھا تھا۔ اس نے بتایا کہ وہ اور اس کے ایک ساتھی دریا کے قریب مویشی چرا رہے تھے۔ اتنے میں اسے رفع حاجت محسوس ہوئی اور وہ ساتھ والی جھاڑیوں میں چلا گیا۔ ابھی وہ زمین پر بیٹھا ہی تھا کہ ایک ملحقہ جھاڑی سے شیرنی کا سر نظر آیا اور پھر اس کا دھاری دار جسم۔ شیرنی کا ایک کاندھا غیر فطرتی انداز میں ابھرا ہوا تھا۔ اس کے دیکھتے ہی دیکھتے شیرنی وہاں سے ایسے غائب ہوئی جیسے گدھے کے سر سے سینگ۔

یہ بات ثابت ہو گئی کہ یہ کوئی اور نہیں بلکہ میری پرانی حریف شیرنی تھی جو آخر کار پھر سے اپنی پرانی شکار گاہ میں لوٹ آئی تھی اور پہلے سے زیادہ مکار ہو گئی تھی۔ اس کی اس مکاری کا ذمہ دار ایک حد تک لٹل وڈ بھی تھا کیونکہ اُس نے عجلت میں اسے زخمی کر کے آدم خور بنا ڈالا تھا۔

ہر جگہ میں نے یہی سنا تھا کہ اس درندے نے کسی گائے یا بھینس کو کبھی چھوا تک نہیں۔ لہٰذا میں نے پہلے کی طرح بیل وغیرہ باندھ کر اسے ترغیب دینے میں وقت ضائع کرنا مناسب نہ سمجھا۔ میں اگلے دو روز تک جنگل میں اس امید پر پھرتا رہا کہ شاید کہیں آدم خور سے سامنا ہو جائے۔ اس کے ساتھ ہی مجھے یہ بھی دھڑکا لگا رہتا تھا کہ وہ اچانک مجھ پر حملہ آور نہ ہو جائے۔ اس کے پنجوں کے نشان اکثر نظر آتے خصوصاً دریائے کاوری کی نرم ریت پر۔

تیسرے دن دوپہر کے قریب جولاگری سے دیہاتیوں کا ایک گروہ تیس میل کا فاصلہ طے کر کے مجھے یہ بتانے آیا کہ شیرنی نے ایک اور آدمی ہلاک کر دیا ہے۔ اب کے جولاگری کے محکمہ جنگلات کے بنگلے کا ملازم لقمہ بنا تھا۔ شیرنی کل دوپہر اسے کھا کر باقی ماندہ لاش بنگلے سے سو گز کے فاصلے پر ہی چھوڑ گئی تھی۔

میرا خیال تھا کہ اب شیرنی سیتارام کی سمت جائے گی کیونکہ جس جگہ وہ شکار کرتی تھی دوسرے دن وہاں ہرگز نہ ٹھہرتی تھی۔ میں تیزی سے سیتارام کی سمت روانہ ہوا۔ میرے ہمراہ پہلے ہی تین دیہاتی تھے اب جولاگری سے آئے ہوئے آٹھ افراد بھی ہمارے ساتھ شریک ہو گئے۔ وہ پہلے ہی تیس میل طے کر چکے تھے مگر انہوں نے واپس جانے کے بجائے ہمارے ساتھ سیتارام جانے اور مزید فاصلہ طے کرنے کو ترجیح دی۔ دن کا شعلہ بجھ رہا تھا کہ ہم سیتارام کے مندر میں پھر سے پہنچ گئے چونکہ راتیں اب بھی اندھیری تھیں لہٰذا ہم نے مندر کے صحن میں الاؤ روشن کر دیا۔ اب ہماری پارٹی بارہ آدمیوں پر مشتمل تھی اور ہم خود کو قدرے محفوظ تصور کر رہے تھے۔

اس دفعہ پہلے کی طرح ہم نے رات آرام سے نہیں گزاری۔ ساڑھے آٹھ بجے کے قریب ہمیں ایک شیر کی گرج سنائی دی جو تقریباً نصف میل کے فاصلے سے آ رہی تھی۔ یہی آواز ایک گھنٹے کے بعد پھر سنائی دی مگر ذرا قریب سے، اس آواز سے صاف ظاہر ہوتا تھا کہ شیرنی اپنے نر کو بلا رہی ہے۔ دوسری طرف میں نے یہ اندازہ بھی لگایا کہ شیرنی نے الاؤ دیکھ لیا تھا اور انسانی وجود سے باخبر ہو چکی تھی۔ شکار کی تلاش میں اس نے دو دفعہ مندر کے گرد چکر بھی لگایا۔

جسم سن ہو گئے بہرحال ہم خاصے محتاط تھے۔ میں نے اپنے ساتھیوں سے کہہ دیا کہ وہ بلند آواز میں باتیں کریں اور آگ زیادہ تیز نہ کریں۔ مجھے امید تھی کہ انسانی شکار کی

توقع میں شیرنی صبح تک ہمارے آس پاس ہی رہے گی اور حسب معمول کسی دوسرے گاؤں کا رخ نہیں کرے گی۔

صبح ہونے سے کچھ دیر پہلے شیرنی پھر دھاڑی جس سے میں مطمئن سا ہو گیا۔ میں صبح کی ہلکی روشنی میں مندر سے نکلا اور وہاں سے دو فرلانگ کے فاصلے پر اس درخت پر چڑھ کر بیٹھ گیا جہاں شیرنی نے کچھ عرصہ قبل ایک پجاری کو شکار بنایا تھا۔ وہ درخت میرے لیے ایک بہترین مچان تھا۔

میں زمین سے بارہ فٹ کے فاصلے پر درخت میں ایک ایسی جگہ آرام سے بیٹھا ہوا تھا جہاں سے دائیں بائیں کا منظر بڑا صاف نظر آتا تھا۔ تب میں نے اپنا ایک پرانا حربہ آزماتے ہوئے اپنے پھیپھڑے پھُلا کر شیر جیسی آواز نکالی۔ میری آواز کا جواب خاموشی میں ڈھل گیا۔ میں سوچنے لگا کہ کہیں شیرنی صبح کے وقت کہیں دور تو نہیں نکل گئی۔ ایک نئے تفکر نے مجھے گھیر لیا، شاید وہ مندر کے قریب چھپی بیٹھی ہو اور کسی شخص کے باہر نکلنے کی منتظر ہو۔

مندر چھوڑنے سے پہلے میں نے اپنے ساتھیوں کو تاکید کی تھی کہ وہ کسی قیمت پر بھی مندر سے باہر نہ نکلیں۔ اب مجھے خدشہ ہو گیا کہ شاید ان میں سے کوئی میری حکم عدولی کر دے اور رفع حاجت کی خاطر یا مندر کے قریب چشمے سے پانی لینے باہر نکل آئے۔

آخر میں نے دوسری دفعہ شیر جیسی آواز نکالی، اب کی بار بھی کوئی جواب نہ آیا۔ تھوڑی دیر بعد میں نے بھرپور انداز میں آواز نکالی۔ اس دفعہ میں کامیاب ہو گیا۔ میری آواز گھنے جنگل میں گونجتی ہوئی شیرنی تک پہنچ گئی اور اس نے مندر کی سمت سے فوراً میری آواز کا جواب دیا۔ میرا اندازہ درست نکلا تھا، شیرنی شکار کی خاطر وہاں گھات لگائے بیٹھی

تھی۔

تھوڑی دیر بعد میں پھر 'غرایا، جس کا جواب شیرنی نے اسی وقت نسبتاً قریب سے دیا۔ مجھے یہ معلوم کر کے خوشی ہوئی کہ وہ اپنے 'نر، کی تلاش میں میری سمت آ رہی تھی۔

میں نے دو مرتبہ پھر آواز دی، اب کی بار میری آواز کا جواب بمشکل سو گز سے دیا گیا۔ میں نے رائفل سیدھی کرتے ہوئے تقریباً پچیس گز کے فاصلے پر نظریں جما دیں، میرا اندازہ تھا کہ یہاں پہنچنے میں وہ پندرہ سیکنڈ سے زیادہ وقت نہیں لے گی۔ میں نے گننا شروع کر دیا ابھی دس تک پہنچا تھا کہ شیرنی ادھر ادھر دیکھتی ہوئی میرے بالکل سامنے آ گئی۔ اس کا بایاں کاندھا چلتے وقت غیر فطری انداز میں اٹھ رہا تھا۔ میری طویل جدوجہد کے بعد اب وہ بالکل میرے اختیار میں تھی، اسے روکنے کے لیے میں شیر کی سی مدھم آواز میں غرانے لگا۔ وہ اچانک رک گئی اور حیرت سے اوپر کی طرف دیکھا۔ دوسرے لمحے میری گولی اس کے ماتھے میں پیوست ہو چکی تھی۔ وہ تیورا کر زمین پر گری۔ میری دوسری گولی اس کے سر میں لگی حالانکہ اس کی کوئی خاص ضرورت نہ تھی۔

ہوس درگا سے اپنی انتقامی وارداتوں کا آغاز کرنے والی خوفناک بلا اپنے عبرت ناک انجام کو پہنچ چکی تھی، ایسا انجام جو اس کے شایانِ شان نہیں تھا۔ اگرچہ وہ ایک بے رحم قاتلہ تھی جس نے میرے جگری دوست کی رفیقۂ حیات اُس سے چھین لی تھی، لیکن جس اوچھے انداز میں، میں نے اس کا خاتمہ کیا، اس پر بعد میں میرا ضمیر مجھے خاصا عرصہ ملامت کرتا رہا۔

❊❊❊

شاطر چیتا

اُن دنوں میں بنگلور میں تعینات تھا جب مجھے اطلاع ملی کہ ستر میل دور جنوب میں سنگم کے مقام پر ایک چیتا آدم خور بن گیا ہے اور اب تک بیسیوں انسانوں اور مویشیوں کو نوالہ بنا چکا ہے۔ جن دنوں اس چیتے نے اپنی وارداتوں کا آغاز کیا، میں اپنے فرائضِ منصبی میں اس قدر الجھا ہوا تھا کہ فی الفور اُس طرف دھیان نہ دے سکا۔ اس دوران چند معروف شکاریوں نے اس چیتے کی بیخ کنی کی اپنی سی کوششیں کر ڈالیں مگر ناکامی اُن کا مقدر ٹھہری۔ کوئی بھی درندہ آدم خور بن جانے کی بعد زیادہ دیر زندہ نہیں رہ پاتا اور جلد یا بدیر حضرت انسان کا شکار ہو جاتا ہے مگر مذکورہ چیتے نے محاورۃً نہیں بلکہ حقیقتاً شکاریوں کو تگنی کا ناچ نچا دیا۔

آدم خور کی وارداتوں کے قصے سُن سُن کر میں تنگ آگیا۔ بالآخر میں نے محکمے کو طویل المیعاد چھٹی کی درخواست دی اور راجو کے ہمراہ چیتے کی تلاش میں نکل کھڑا ہوا۔ اگرچہ میں اپنی شکاری زندگی میں کئی مردم آزار درندوں کو موت سے ہمکنار کر چکا ہوں، مگر یہ تسلیم کرنے میں مجھے عار نہیں کہ سنگم کے علاقے سے اپنی وارداتوں کا آغاز کرنے والا چیتا کسی اور ہی مٹی کا بنا ہوا تھا۔ اس نے جس انداز میں اپنا بچاؤ کیا اور انسانوں کو ہلاک کرنے کے ساتھ ساتھ میرے تعاقب میں بھی لگا رہا، اس سے یہ ظاہر ہوتا ہے کہ اس کی حسیات عام چیتوں کے مقابلے میں کچھ زیادہ تیز تھیں۔

عام چیتے کی فطرت ہے کہ وہ کسی منصوبے کے تحت انسانوں یا جانوروں پر حملہ نہیں

کرتا مگر وہ چیتا اپنے شکار پر حملہ کرنے سے قبل نہ صرف باقاعدہ منصوبے باندھتا بلکہ پیش آنے والے واقعات کا اندازہ کر کے اپنی حفاظت کا بندوبست بھی کر لیتا۔ اسی وجہ سے وہ شکاریوں سے محفوظ چلا آ رہا تھا۔ میں اکثر یہ سوچ کر حیران ہو جاتا کہ اس میں یہ نادر حس آخر کیونکر بیدار ہوئی۔ جیسے ہی میں نے اپنے مخصوص انداز میں اس کی تلاش کا آغاز کیا، ایسے ایسے انکشافات ہوئے کہ میں انگشتِ بدنداں رہ گیا۔ مجھے یقین ہے میری شکاری زندگی کا یہ باب پڑھنے کے بعد آپ بھی حیران ہوئے بغیر نہ رہ سکیں گے۔

**

میں نے سب سے پہلے راجو کے ہمراہ اُن تمام مقامات کا دورہ کیا جہاں آدم خور گھومتا پھرتا دیکھا گیا تھا۔ میرا خیال تھا کہ کہیں نہ کہیں ہمارا آمنا سامنا ہو جائے گا مگر ایسا نہ ہو سکا۔ آس پاس کی بستیوں اور چند شکاریوں سے ملنے والی معلومات سے پتا چلا کہ چیتا دن کے وقت عموماً مغرب کی جانب کوئی پندرہ میل دور ایک ویران بستی میں آرام کرتا ہے۔ اس بستی میں پندرہ بیس گھر اور چند جھونپڑے تھے۔ چیتے نے ساٹھ ستر نفوس پر مشتمل اس بستی کے بیشتر مکینوں کو اپنا لقمہ بنا ڈالا تھا۔ بقیہ اپنی جانیں بچا کر دوسری بستیوں کا رخ کرنے پر مجبور ہو گئے۔ اب تک تین گھاگ شکاری چیتے کی تلاش میں اس بستی کا رخ کر چکے تھے مگر اُن میں سے ایک بھی واپس نہ لوٹا۔

ہم اپنی مہم کے دوسرے روز ڈھل پران نامی بستی پہنچ گئے جو چیتے کی آماجگاہ سے دس میل دور واقع تھی۔ یہ ایک بڑی بستی تھی۔ اس میں گردونواح کی کئی چھوٹی بستیوں کے سہمے ہوئے مکین بھی پناہ لے چکے تھے۔ ہر خاندان کا کوئی نہ کوئی فرد آدم خور کا نوالہ بن چکا تھا۔ سبھی لوگ ہمیں اپنی اپنی کہانیاں سنانے کے لیے بے چین تھے۔ ان میں سے سب سے اہم اس زمیندار کا بیان تھا جس کے ملازم لڑکے کو آدم خور چار دن پہلے

مویشیوں کے باڑے سے اٹھا لے گیا تھا۔

زمیندار نے بتایا کہ اس نے ایک اٹھارہ سالہ یتیم لڑکا مویشیوں کی دیکھ بھال کے لیے رکھا ہوا تھا۔ وہ چونکہ ہندوؤں کی کمتر ذات سے تعلق رکھتا تھا، اسی لیے زمیندار کے گھر اس کا آنا جانا ممنوع تھا۔ اس کی رہائش مویشیوں کے باڑے ہی میں تھی جہاں وہ ایک کونے میں چارپائی پر رات بسر کر لیتا۔ عام حالات میں باڑے کا دروازہ باہر سے زنجیر چڑھا کر بند کر دیا جاتا مگر جب سے چیتا علاقے میں وارد ہوا تھا، زمیندار حفاظت کی پیشِ نظر کُنڈی میں لکڑی پھنسا دیتا۔

لڑکا اندر سے خاصا وزنی پتھر دروازے کے ساتھ رکھ کر کھلنے کے امکانات ختم کر دیتا۔ ان تمام احتیاطی تدابیر کے باوجود چیتا اپنی واردات اس صفائی سے کر گیا کہ گاؤں کے توہم پرست مکین پورے وثوق سے کہنے لگے کہ آدم خور درحقیقت ایک بھوت ہے جو بند دروازے کھول کر گھروں میں گھسنے کی صلاحیت بھی رکھتا ہے۔ بعد ازاں میں نے راجو کے ساتھ باڑے کا معاینہ کیا تو دروازے اور چوکھٹ پر درندے کے پنجوں کے نشان نمایاں نظر آئے۔ میں نے اندازہ لگایا کہ کنڈی میں پھنسا لکڑی کا ٹکڑا چیتے کی جدوجہد کے دوران نکل گیا جس کے بعد اس کے لیے زنجیر گرا کر دروازہ کھولنا مشکل نہ رہا۔ مویشیوں کا کمرا اندر سے دیکھنے کے بعد ہم دونوں حیرت زدہ ہوئے بغیر نہ رہ سکے، کمرا اتنا بڑا نہیں تھا کہ مویشیوں کے درمیان چیتے کو آزادانہ گھومنے پھرنے کی جگہ مل پاتی۔ لڑکے تک پہنچنے کے لیے اس نے درمیانی فاصلہ یقیناً مویشیوں کی ٹانگوں کے نیچے سے رینگ کر طے کیا ہو گا۔ اس دوران مویشی ڈکرائے ضرور ہوں گے، مگر لڑکے نے توجہ اس لیے نہ دی کہ مویشی یوں بھی رات بھر ڈکراتے رہتے ہیں۔ وہ یقیناً اس امر کا عادی ہو چکا تھا۔

بہر حال اس بات پر ہم دونوں حیرت زدہ تھے کہ دروازہ کھولنے کی جدوجہد کے

دوران لڑکا بدستور نیند میں کیونکر مگن رہا؟ اگرچہ یہ بات بھی بظاہر ناقابل یقین لگتی ہے مگر میں اور راجو اپنی آنکھوں سے دیکھ چکے تھے کہ گیارہ گائے بھینسوں میں سے کسی کو چیتے کے پنجوں سے خراش تک نہ آئی۔

وہ زمیندار پھر ہمیں اپنے گھر لے گیا جہاں اس نے ہماری خاطر تواضع کی۔ اس کا تعلق برہمن ذات سے تھا۔ اس نے ہمارے رہنے کا انتظام بھی کر دیا۔ ہمارا ارادہ اگلی صبح آدم خور کی تلاش میں نکلنے کا تھا۔ میرا ذاتی خیال تھا کہ جس بستی کو چیتے نے ٹھکانہ بنا رکھا ہے وہاں ہماری کامیابی کے امکانات زیادہ ہیں۔

اس بستی کو ایک طرف سے ندی تو دوسری طرف سے گھنے جنگل نے گھیر رکھا تھا۔ شمال میں وہ بستی تھی جہاں ہم مقیم تھے۔ جنوب میں جنگل سے ذرا ہٹ کر ایک چھوٹی سی جاگیر تھی جس کا نام بھگت پور تھا۔ اگلی صبح راجو نے تجویز پیش کی کہ آدم خور والی بستی کا معاینہ کرنے سے قبل جنگل کا چکر لگا لیا جائے۔ میں نے اس کی رائے سے اتفاق کیا اور ہم ضروری ساز و سامان سے لیس ہو کر جنگل کی سمت روانہ ہو گئے۔ جنگل کافی گھنا تھا اور اس میں تناور برگد، پیپل، مہوہ اور املی کے درخت جا بجا نظر آئے۔ اس روز ہمارا ارادہ صرف علاقے کا جائزہ لینا تھا۔ یوں بھی مجھے آدم خور سے مڈبھیڑ کی کوئی امید نہ تھی۔ میں آدم خور درندوں کی فطرت سے بخوبی واقف ہوں، کسی مخصوص علاقے میں اوپر تلے وارداتیں کرنا آدم خور کی خصلت کے خلاف ہے۔ پھر ہمارا پالا تو ایک ایسے درندے سے پڑا تھا جو اپنی عیاری اور مکاری کے واضح ثبوت فراہم کر چکا تھا۔

ہماری نگاہیں اطراف کا بغور جائزہ لے رہی تھیں۔ جنگل کے قریب پہنچ کر ہم مزید محتاط ہو گئے۔ ہماری رفتار قدرے نرم اور سست ہو گئی۔ راستہ ہر آن دشوار اور خطرناک ہوتا جا رہا تھا۔ بے پناہ نشیب و فراز تھے پھر جا بجا خاردار جھاڑیاں راہ میں حائل ہو کر مزید

مشکلات پیدا کر رہی تھیں۔ ایک میل کا فاصلہ طے کرنے کے بعد ہم ایک پگڈنڈی نما راستے تک پہنچ کر رک گئے۔ وہ راستہ جنگل کے وسط سے شرقاً غرباً گزرتا تھا۔

میں نے اس مقام پر زمین کا جائزہ لیا، تو ایک نر چیتے کے نقوش پا بکثرت نظر آئے۔ نشانات دیکھ کر میں نے اندازہ لگایا کہ چیتا یہ راستہ باقاعدہ طور پر استعمال کرتا ہے۔ راجو نے مجھ سے اتفاق کیا۔ ہم نے باڑے کے آس پاس جو نشانات دیکھے تھے وہ اِن نقوش سے گہری مماثلت رکھتے تھے۔ اب میری ڈھارس بندھی اور مجھے یقین ہو گیا کہ وہ راستہ آدم خور ہی کے زیر استعمال تھا۔

"اگر اس مقام پر گھات لگائی جائے تو بآسانی آدم خور کو جہنم واصل کیا جا سکتا ہے۔" راجو نے رائے دی۔

"لیکن میرے خیال میں ایسا قدم اٹھانے سے قبل ہمیں وہ بستی بھی ایک نظر دیکھ لینی چاہیے جس کے بارے میں مشہور ہے کہ چیتے نے وہاں اپنا ٹھکانہ بنا رکھا ہے۔" میں نے دھیرے سے کہا "مجھے یقین ہے یہ نقوش پا اسی بستی تک جا رہے ہیں۔"

میرا اندازہ درست تھا۔ ایک گھنٹے بعد ہم ان کا تعاقب کرتے ہوئے اس بستی کی حدود میں داخل ہو گئے۔ دور سے دیکھنے پر ہی وہ ویران دکھائی دیتی تھی۔ گھاس پھونس سے بنی تیس چالیس جھونپڑیوں کے بارے میں ہمیں بتایا گیا تھا کہ چیتے کی آمد سے قبل وہاں لکڑہاروں کی رہائش تھی۔ آدم خور نے اپنی وارداتوں کا آغاز بھی اسی بستی سے کیا تھا۔ گھاس پھونس کی دیواریں توڑ کر شکار کرنے میں اسے یقیناً کوئی دقت نہ ہوئی ہو گی۔ تین چار وارداتوں کے بعد لکڑہاروں نے وہ مقام غیر محفوظ تصور کرتے ہوئے چھوڑ دیا۔ اُدھر چیتے کو اس بستی کی شکل میں ایک محفوظ ٹھکانہ مل گیا۔

جیسے جیسے ہم آگے بڑھے بستی کی ویرانی ہمارے دل و دماغ پر مسلط ہونے لگی۔ کبھی

کبھی تو یوں لگتا جیسے آدم خور ہمارے ساتھ اسی بستی میں موجود ہے۔ وسط میں پہنچ کر ہم رک گئے۔ وہاں دو انسانی پنجر اس حال میں پڑے تھے کہ ایک نظر ڈالتے ہی دل کانپ گیا۔ لباس کے چیتھڑوں سے ہم نے اندازہ لگایا کہ وہ دونوں آدم خور کا لقمہ بننے والے بدنصیب شکاری تھے۔

"آدم خور یقیناً بستی اور جنگل کے درمیان آزادانہ گھومتا پھرتا ہے۔" میں نے محتاط نگاہیں چارسو پھراتے ہوئے کہا۔

"اس کا مطلب ہے صاحب! ہمیں اِن دونوں مقامات کی نگرانی کرنی ہو گی۔" راجو نے تائیدی انداز میں سر ہلا کر تجویز دی۔

"اس کے سوا کوئی چارہ نہیں راجو۔" میں نے جواب دیا۔ "ہمارا پالا نہایت ہی مکار درندے سے پڑا ہے۔ اگر ہم اکٹھے رہے تو بعید نہیں کہ ہماری توجہ آدم خور سے زیادہ ایک دوسرے پر مرکوز رہے اور ہم اسے شکار کرنے کے بجائے خود شکار ہو جائیں۔ لہذا میں بستی میں رکتا ہوں۔" میں نے فیصلہ کن انداز میں جواب دیا "تم جنگل میں نگرانی کرو۔ زمین کی نسبت تم کسی مضبوط درخت کی بلندی پر محفوظ بھی رہو گے۔" راجو نے سر کو اثبات میں جنبش دی اور اپنا ساز و سامان سنبھال کر اس پگڈنڈی پر ہو لیا جو جنگل کی طرف جاتی تھی۔ تھوڑی ہی دیر بعد رات ہونے والی تھی۔ اگر راجو کے بجائے کوئی اور میرے ساتھ ہوتا تو میں اسے یوں تنہا جنگل میں کبھی نہ بھیجتا۔ لیکن راجو کی بات دوسری تھی، مجھے اس کی حسیات اور نشانے پر بھرپور اعتماد تھا۔

راجو کو روانہ کرنے کے بعد میں نے ایسی جھونپڑی کا انتخاب کیا جو بستی کے وسط میں واقع اور نسبتاً مضبوط تھی۔ اس کی تعمیر میں گھاس پھونس کے ساتھ ساتھ لکڑی کے تختے بھی استعمال کیے گئے تھے۔ جھونپڑی کا محل وقوع کچھ ایسا تھا کہ اگر کوئی اس کی طرف

بڑھتا تو میں فوراً اسے نشانے پر لے سکتا تھا۔ پھر میں نے جس کمرے کو مسکن بنایا اس کی دیواروں پر بنی درزوں سے میں باہر کا منظر بھی بخوبی دیکھ سکتا تھا۔

جھونپڑی کا دروازہ اندر سے بند کر کے میں کمرے میں نہیں بیٹھا بلکہ وقفوں وقفوں سے کھانس کر اور کبھی سیٹی بجا کر اپنی وہاں موجودگی کا احساس دلاتا رہا۔ جھونپڑی کے باہر چوہے اور گیدڑ حرکت کر رہے تھے۔ تین گھنٹے بعد چاند کی روشنی اس حد تک پھیل گئی کہ درزوں میں سے چاندنی چھن چھن کر اندر آنے لگی۔ مجھے یقین تھا کہ اگر چیتا کہیں آس پاس موجود ہوا، تو میری بو پا کر جھونپڑے کا رخ ضرور کرے گا۔ مزید تین گھنٹے یوں ہی گزر گئے مگر چیتے کی آمد کے آثار پیدا نہ ہوئے۔ چیتا جب رات کو شکار کے لیے نکلے تو ایک میل کا فاصلہ تقریباً ایک گھنٹے میں طے کرتا ہے۔ وہ آہستہ آہستہ اور نہایت استقلال کے ساتھ قدم آگے بڑھاتا اور ذرا سی آہٹ پر چوکنا ہو کر رک جاتا ہے۔ وہ جہاں جہاں سے گزرے دوسرے جانور محتاط انداز میں چیختے ہوئے اس کی آمد کی خبر دینے لگتے ہیں۔ میں نے درزوں میں سے باہر جھانکا، چاند کی روشنی اس حد تک پھیل چکی تھی کہ چالیس پچاس فٹ دور پھیلی جھاڑیاں اور دوسرے جھونپڑے صاف نظر آ رہے تھے۔ وقت چیونٹی کی رفتار سے رینگ رہا تھا۔ آخر میں اس خود ساختہ قید سے اکتا گیا، جی میں آیا کہ دروازہ کھول کر باہر نکل جاؤں۔

ابھی میں یہ سوچ ہی رہا تھا کہ دور سے بندروں کے خوخیانے کی آوازیں سنائی دیں۔ تھوڑی دیر بعد بستی کے باہر گیدڑ زور زور سے چلانے لگے۔ میں رائفل ہاتھ میں تھامے بے اختیار اٹھ کھڑا ہوا۔ گیدڑ مسلسل چلّا اور خبردار کر رہا تھا کہ "ہوشیار! دشمن آ پہنچا۔" میں کمرے سے نکلا، جھونپڑی کے چھوٹے سے صحن کے وسط میں کھڑا ہوا اور زور زور سے کھانسنے لگا۔ جھونپڑی کی جس دیوار میں دروازہ نصب تھا، وہ تختوں سے بنائی گئی تھی اور

میرا رخ اسی جانب تھا۔ جانے کیوں مجھے یقین تھا کہ چیتا اسی طرف سے حملہ آور ہو گا۔ دفعتہً فضا پر ہیبت ناک سکوت طاری ہو گیا۔ گیدڑوں کے چلّانے کی آوازیں بھی اب کہیں دور سے سنائی دے رہی تھیں۔ میں اپنی جگہ پتھر کے بت کی طرح کھڑا تھا کہ اچانک درندے نے جھونپڑی کے دروازے کو زور سے ٹکر ماری اور پوری جھونپڑی لرز گئی۔ دہشت سے میرا بدن پتھر ہو گیا۔ پُر شور آواز کے ساتھ دونوں پٹ وا ہوئے اور چیتا میرے عین سامنے آن کودا۔

میں نے زندگی میں بیسیوں درندے شکار کیے ہیں مگر میں دعوے سے کہہ سکتا تھا کہ اس سے زیادہ عجیب و غریب درندہ میں نے آج تک اپنی زندگی میں دوبارہ نہ دیکھا۔ وہ تھا تو قد آور نر چیتا لیکن اس کا رنگ ڈھنگ ہی نرالا تھا. منقّش کمر بند، کلائی بند اور سر پر چمڑے کی جڑاؤ ٹوپی۔ سچ پوچھو تو وہ اس قدر خوبصورت حیوان کی شکل میں میرے سامنے کھڑا تھا کہ ہزار کوشش کے باوجود میں رائفل سیدھی کر کے اس پر گولی نہ چلا سکا۔

اگلے ہی لمحے میری پلک جھپکی اور چیتا وہاں موجود نہ تھا۔ میں نے فوراً باہر نکل کر اِدھر اُدھر دیکھا مگر چیتے کا کہیں نام و نشان نہ تھا۔

یہ میری خوش قسمتی ہی تھی کہ اس وقت میں زندہ سلامت اپنی جگہ پر کھڑا تھا ورنہ میری بے خودی سے فائدہ اٹھا کر وہ درندہ پل بھر میں میری تکا بوٹی بھی کر سکتا تھا۔ مجھ سے قبل آنے والے بد قسمت شکاریوں کے ساتھ شاید ملتا جلتا حادثہ رونما ہوا تھا۔ میرے زندہ بچ جانے کی ایک ہی توجیہ پیش کی جا سکتی ہے اور وہ یہ کہ ابھی میری زندگی کے دن باقی تھے۔ بہر حال ایک خطرناک درندہ میرے ہاتھ سے نکل چکا تھا۔ میں نے جھونپڑی کی کنڈی چڑھا کر پائپ سلگایا، اور بر آمدے میں بیٹھ گیا۔

چند ثانیے قبل میں نے جس درندے کو اپنی آنکھوں سے دیکھا وہ کوئی معمولی درندہ

نہیں بلکہ کسی کا سدھایا ہوا نہایت قیمتی شکاری چیتا تھا۔ میں نے ایک کتاب میں پڑھا تھا کہ ہندوستان میں شکاری چیتے سدھانے کا رواج مغل شہنشاہ اکبر اعظم نے ڈالا تھا۔ اس کے بعد آنے والے بادشاہوں اور والیان ریاست نے بھی اپنے اپنے دور میں چیتے پالے۔ انگریز دور حکومت میں بھی ہندوستان کی بعض ریاستوں میں شکاری چیتے خاص طور سے پالے جاتے تھے۔ ان کی نگہداشت و پرورش کے لیے باقاعدہ تنخواہ دار ملازم مقرر ہوتے۔

شکاری چیتے کی تربیت انہی خطوط پر ہوتی جن پر دوسرے شکاری جانوروں مثلاً کتوں یا باز وغیرہ کی تربیت کی جاتی ہے۔ مگر یہ امر قابلِ ذکر ہے کہ چیتا ایک بار سدھا لیا جائے تو وہ انسان سے بہت مانوس ہو جاتا ہے۔ یہ تو ظاہر ہے کہ اس سے بہترین اور تیز رفتار شکاری جانور شاید ہی کوئی دوسرا ہو۔ راجے مہاراجوں کے ہاں پالے جانے والے شکاری چیتوں کا مقصد بھی خالصتاً شکار کھیلنا ہی ہوتا تھا۔ جب کبھی والی ریاست یا کوئی اہم سرکاری ملازم اس مخصوص شکاری مہم کا لطف اٹھانا چاہتا تو شکاری چیتوں کو مع ان کے رکھوالوں کے طلب کر لیا جاتا۔ ان چیتوں سے عام طور پر ہرن اور تیز رفتار چیتل کے علاوہ کبھی کبھی خرگوش کا شکار بھی کھیلا جاتا۔ محافظ چیتوں کو ان کے مخصوص لکڑی کے پنجروں سمیت بیل گاڑیوں پر لاد کر میدان میں لے آتے۔

شکار نظر آتا تو چیتے کی آنکھوں سے پٹی کھول کر اسے دکھایا جاتا۔ چیتا چپکے سے گاڑی سے اترتا اور جھاڑیوں میں چھپتا چھپاتا اپنے شکار کے سر پر پہنچ جاتا۔ یہ طریقہ عام طور پر ہرنوں اور بارہ سنگھوں کے شکار کے لیے مخصوص تھا۔ شکار زیر ہونے کے کچھ دیر بعد تیز رفتار گھوڑوں پر سوار نگران بھی وہاں پہنچ جاتے اور چیتے کو بہلا کر ہرن اس سے لے لیتے۔ ہرن کو ذبح کر کے اس کی ایک ران چیتے کو بطور انعام پیش کی جاتی۔

برصغیر میں شکاری چیتے پالنے اور ان کے ذریعے شکار کرنے کا رواج تو خیر عام تھا، بعد میں وہ انگلستان بھی پہنچ گیا۔ سرنگاپٹم کی فتح کے بعد مارکوئلس ویلزلی نے ٹیپو سلطان شہید کے تین شکاری چیتے شاہ جارج سوم کی خدمت میں روانہ کیے تھے۔ ان چیتوں کے ساتھ ان کے خدمتگار اور بیل گاڑیوں کے علاوہ تربیت یافتہ بیل اور عربی النسل گھوڑے بھی تھے۔ مگر شاہ جارج سوم نے اِن چیتوں کا فن دیکھنے کی کبھی کوشش نہ کی اور انھیں اپنی باقی زندگی شاہی چڑیا گھر میں گزارنی پڑی۔

سنگم کا وہ آدم خور چیتا بھی شکاری چیتوں کے قبیل سے تعلق رکھتا تھا۔ اب میری سمجھ میں یہ آیا کہ اب تک کوئی شکاری آدم خور کو کیوں شکار نہ کرپایا۔ عام چیتے کو زیر کرنا تو جان جوکھوں کا کام ہے ہی مگر ایک شکاری چیتے کے خلاف نبرد آزما ہونا بالکل ایسا ہے جیسے انسان خودکشی کرنے نکل کھڑا ہو۔

میرا ذہن انہی بھول بھلیوں میں بھٹک رہا تھا کہ صبح ہو گئی۔ اجالا پھیلتے ہی راجو بھی مجھے ڈھونڈتے ہوئے وہاں آگیا۔ ساری رات آنکھوں میں کاٹ دینے کے باوجود اس کا چیتے سے آمنا سامنا نہیں ہوا تھا۔ جب اسے میرے ساتھ پیش آنے والے واقعے اور چیتے کی حقیقت کا علم ہوا، تو وہ بھی ہراساں نظر آنے لگا۔

"آپ کی قسمت اچھی ہے صاحب کہ زندہ بچ گئے۔" وہ خوفزدہ لہجے میں گویا ہوا۔

"ہاں راجو۔" میں نے ہنکارا بھر کر جواب دیا۔ "مگر افسوس کہ اس آدم خور چیتے کی قسمت مجھ سے بھی زیادہ اچھی ہے، میں نے اسے مارنے کا سنہرا موقع کھو دیا۔ خدا جانے اب وہ دوبارہ ہاتھ آئے گا بھی یا نہیں۔" میں نے حسرت بھرے لہجے میں جواب دیا۔

ہم دل برداشتہ واپس گاؤں پہنچے۔ مگر ہم نے اپنی ناکامی کی خبر گاؤں والوں کو نہیں سنائی ورنہ وہ مزید خوفزدہ ہو جاتے۔ ہم ناشتہ کرنے کے بعد رت جگے کے باعث کسل

مندی کا شکار ہو گئے۔ زمیندار کے مشورے پر ہم نے نیند پوری کرنا مناسب جانا۔

اگر دوپہر کے وقت شور و غل سے میری آنکھ نہ کھلتی، تو خدا معلوم میں کب تک یونہی پڑا سویا رہتا۔ شور سن کر راجو بھی جاگ گیا تھا۔ ہم نے باہر نکل کر دیکھا تو لوگوں کا جم غفیر جمع تھا۔ جو آہ وزاری کر رہے تھے۔ پتا چلا کہ چیتا ابھی ابھی ایک چھ سالہ بچے کو اُٹھا کر لے گیا ہے مگر کسی کو خبر نہ تھی کہ وہ کس طرف گیا۔

ہم دونوں فوراً جائے وقوعہ پہنچے جہاں بچے کے والدین گریہ وزاری کر رہے تھے۔ مکان کے باہر ہم نے نشانات کا کھوج لگانا چاہا مگر کوئی ایسا نشان نہ ملا جس سے معلوم ہوتا کہ درندہ شکار لے کر کس سمت گیا ہے۔ دراصل وقوعہ کے بعد وہاں کئی لوگ جمع ہو گئے، نتیجہ یہ نکلا کہ ان کے قدموں سے چیتے کے نقوش مٹ گئے۔

میں نے لوگوں کو تاکید کی کہ ہمارے علاوہ کوئی گاؤں کی حدود سے باہر نہ جائے اور پھر میں راجو کو ساتھ لے کر گاؤں کے گرد چکر لگانے لگا کہ شاید کہیں نشانات کا سراغ مل جائے۔ ہم گھومتے ہوئے گاؤں کے مغربی حصے پہنچے تو زمین پر گھسیٹے جانے کے واضح نشانات نظر آئے۔ کچھ دور چل کر وہ نشانات غائب ہو گئے اور فقط چیتے کے نقوش پارہ گئے۔ وہاں سے چیتے نے یقیناً اپنا شکار پیٹھ پر لاد لیا تھا۔ ان نشانات اور خون کے قطروں کا رخ اسی جنگل کی طرف تھا جہاں ہم نے گزشتہ روز چیتے کی جستجو کی تھی۔

جوں جوں ہم آگے بڑھے بچے کے کپڑوں کے چیتھڑے اور ایسے ہی دوسرے نشانات ملنے لگے۔ جنگل کے باہر پیپل کا ایک خاصا پھیلا ہوا پرانا درخت تھا۔ جیسے ہی ہم نے اس درخت کو پیچھے چھوڑا نشانات یکدم غائب ہو گئے۔ اسی لمحے میری چھٹی حس چیخ چیخ کر نادیدہ خطرے کا اعلان کرنے لگی۔ میں نے راجو سے پیٹھ جوڑ کر چاروں طرف نظریں دوڑائیں مگر وہاں کوئی ایسی جگہ نہیں تھی جہاں آدم خور چھپ سکتا ہو۔ معاً میرا دھیان اس

درخت کی طرف گیا۔

اب جو میں نے نظریں اٹھائیں تو میری نگاہیں درخت کے اس حصے پر جم کر رہ گئیں جہاں شاخوں میں سے بچے کا ایک خون آلود ہاتھ جھانک رہا تھا۔ درخت بلندی پر جا کر خاصا پھیل گیا تھا اور وہاں کئی ایسی شاخیں تھیں جن پر چیتا بآسانی خود کو پتوں میں چھپا سکتا تھا۔

میں نے راجو کو خاموشی کا اشارہ کیا اور ہم دونوں الٹے قدموں درخت سے دور ہوتے گئے۔ ہماری نگاہیں اور رائفلوں کے دہانے درخت پر مرکوز تھے۔ دس قدم دور ہم رک گئے۔ درخت کے آس پاس زمین پر نگاہیں دوڑانے کے بعد میرے ذہن میں خطرے کی گھنٹیاں بج اٹھیں۔

"جناب چیتا اسی درخت پر چھپا بیٹھا ہے۔" راجو نے میرے کان میں سرگوشی کی مگر میں کچھ اور ہی سوچ رہا تھا۔

"نہیں راجو۔" میں نے سر کو نفی میں جنبش دیتے ہوئے کہا "اگر یہ عام آدم خور ہوتا تو شاید تمہاری بات درست ہوتی مگر یہاں معاملہ دوسرا ہے۔ ہمارا پالا ایسے شاطر درندے سے پڑا ہے جسے شکار کی تربیت خود انسان نے دی ہے۔" راجو کبھی مجھے اور کبھی اس درخت کو دیکھتا جس پر سے میں نے اپنی رائفل کا دہانہ ہٹا لیا تھا۔

"آپ کا مطلب ہے چیتا درخت پر موجود نہیں۔" وہ متوحش انداز میں بولا "اس نے ہمیں دھوکا دینے کے لیے لاش درخت پر چھپائی ہے، مگر یہ ثابت کیسے ہو گا۔"

"ایسے۔" میں نے درخت کے دامن میں نظر آنے والے پنجوں کے نشانات کی طرف اشارہ کرتے ہوئے کہا۔

اب راجو بھی اس طرف متوجہ ہو گیا۔ پنجوں کے نشانات جنگل کی سمت جا رہے

تھے۔ راجو کے منہ سے ایک طویل سانس خارج ہوگئی۔

"وہ ہمیں غُچہ دینا چاہتا ہے۔" میں نے کہا۔ "تاکہ ہم اس امر کا انتظار کریں کہ وہ کب اپنا شکار کھانے واپس آئے اور اس دوران وہ یہاں سے دور نکل جائے۔ لیکن میں ایسا نہیں ہونے دوں گا۔" یہ کہہ کر میں نے اسے اپنے پیچھے آنے کا اشارہ کیا اور جنگل کی سمت بڑھ گیا۔ چیتا ذرا گھوم کر مشرق کی طرف سے جنگل میں داخل ہوا تھا۔ جنگل نے اپنی پوری رعنائی، دہشت اور پر شور آوازوں کے ساتھ ہمارا استقبال کیا۔ درخت ہوا کے جھونکوں سے ہل رہے تھے اور چاروں طرف عجیب بھیانک آوازیں گونج رہی تھیں۔ ہم دونوں خاموش اور یوں چل رہے تھے کہ نہ قدموں کی آہٹ بلند ہو اور نہ خشک پتوں کے پیروں تلے روندے جانے کی چرچراہٹ۔

آدم خور کے شکار میں کامیابی اور حفاظت کا بہترین طریقہ یہی ہے کہ شکاری ممکنہ خاموشی سے پیش قدمی کرے۔ میری نظریں اطراف کا بغور جائزہ لے رہی تھیں۔ رفتہ رفتہ جنگل گھنا ہوتا گیا۔ زمین پر پھیلے خشک پتوں اور دوسرے جانداروں کے نقوش پا کے درمیان چیتے کے نقش پا نظروں سے اوجھل ہوگئے۔ قریب ہی درختوں پر سرخ منہ والے بندروں کا ایک غول چیخ رہا تھا۔ کچھ خرانٹ قسم کے بندر ہماری طرف متوجہ بھی ہوئے لیکن اگلے ہی لمحے ہم آگے بڑھ گئے۔ ابھی ہم نے جنگل کے اندر نصف فاصلہ ہی طے کیا تھا کہ پیچھے جھاڑیوں میں سرسراہٹ سن کر ہمارے قدم جہاں تھے وہیں منجمد ہو گئے۔

ہم نے پلٹ کر ادھر دیکھا جہاں آواز سنائی دی تھی مگر ہمارے رکتے ہی وہ آواز بھی بند ہوگئی۔ معاً بائیں طرف ایک درخت پر بیٹھے پرندے زور سے چیخے اور فضا میں پرواز کر گئے۔ خطرے کا احساس ہوتے ہی میرے اندر کا شکاری چوکنا ہوگیا۔ ہم دونوں ایک

دوسرے سے پیٹھ جوڑے، جنگل کے تاریک گوشوں کو گھور گھور کر دیکھنے لگے۔ مجھے ایسا محسوس ہو رہا تھا جیسے کہیں کسی گوشے میں چھپا بیٹھا کوئی ہماری حرکات و سکنات کا بغور جائزہ لے رہا ہے۔

میں نے راجو کو مخصوص انداز میں ٹھوکا دیا اور رائفل کے ٹریگر پر ہاتھ رکھے آگے بڑھا۔ بارہا مجھے اپنے پیچھے کسی جانور کے قدموں کی چاپ محسوس ہوئی لیکن یہ فیصلہ کرنا میرے لیے مشکل ہو گیا کہ وہ کسی کھر دار جانور کی قدموں تلے روندے جانے والے پتوں کی آواز تھی یا گدی دار پیر والے چیتے کی۔ میں نے چند قدم پیچھے ہٹ کر رائفل کا دہانہ اسی طرف گھما دیا۔

اچانک ہمارے سامنے قدِّ آدم درختوں کے نیچے کوئی جانور تیزی سے گزرا۔ اس سے قبل کہ ہم اس کا نشانہ لیتے، وہ اونچی گھاس میں کہیں گم ہو گیا۔ میں اسے دیکھتے ہی پہچان گیا، یہ وہی مکار شکاری چیتا تھا جو ہمارے ساتھ ساتھ جھاڑیوں میں چھپتا چھپاتا چل رہا تھا۔ درندوں میں چیتا سب سے زیادہ مکار اور ہوشیار جانور ہے۔ وہ شیر کی طرح نہ تو گرج کر حملہ کرتا ہے اور نہ ہی دوسرے درندوں کی طرح اپنی موجودگی کا احساس دلاتا ہے۔ وہ بلی کی طرح دبے قدموں شکار کا تعاقب کرتا اور موقع ملتے ہی اسے نیچے گرا لیتا ہے۔ معاً ہمارے سامنے قد آدم گھاس میں جنبش ہوئی اور مجھے چیتے کی دم کا بالائی حصہ نظر آیا جو سانپ کے پھن کی طرح دھیرے دھیرے لہرا رہا تھا۔ اگر دم نظر نہ آتی، تو میں کبھی اندازہ نہ لگا پاتا کہ وہ کہاں چھپا ہوا ہے۔

میں نے آنکھوں ہی آنکھوں میں راجو کو ساکت رہنے کا اشارہ کیا، آہستہ بہت آہستہ سے رائفل اوپر اٹھائی اور پھر ہاتھوں کی ہلکی اور نرم جنبش سے اس مقام کا نشانہ لیا جہاں میرے اندازے کے مطابق چیتے کا دھڑ تھا۔

ابھی میری انگلیاں بمشکل لبلبی تک ہی پہنچی تھیں کہ چیتے نے سر اٹھا کر یکلخت مجھے دیکھا اور پھر ایک چنگھاڑ کے ساتھ میری جانب چھلانگ لگا دی۔ اس کے اور میرے درمیان ابھی چند گز کا فاصلہ تھا کہ میرے فائر کی آواز گونجی اور دوسرے ہی لمحے چیتا اپنی پوری طاقت اور وزن کے ساتھ میرے اوپر آ گرا۔ یہ سب کچھ اتنی تیزی سے ہوا کہ میں کچھ سمجھ نہ سکا اور رائفل ہاتھوں سے چھوٹ گئی۔

چیتے کا ایک پنجہ زور سے میرے کندھے پر لگا اور میں لڑھکتا ہوا گھاس میں جا گرا۔ چیتے نے چھلانگ لگائی اور غرا کر میرے کندھے میں دانت گاڑ دیے۔ وہ لمحہ میں زندگی بھر فراموش نہیں کر سکتا، حد درجہ تکلیف کے ساتھ ہی موت کے احساس نے پل بھر کے لیے میرے اعصاب جکڑ لیے۔ میں اچھی طرح جانتا تھا کہ ایسے موقع پر راجو کبھی گولی نہیں چلائے گا۔ اب جو بھی کرنا ہے مجھے ہی کرنا تھا۔ گھٹنوں کے بل اٹھنے کی کوشش کرتے ہوئے میں نے اپنے شکاری خنجر کے دستے پر ہاتھ جمایا اور اسے میان سے باہر نکالنے کی کوشش کرنے لگا۔ اسی لمحے چیتے نے غرا کر میرے کندھا چھوڑا، تو ایک جھٹکے کے ساتھ خنجر میرے ہاتھ میں آ گیا۔ اس دوران چیتے کی تیز سانسیں مجھے اپنی گردن اور کان پر محسوس ہو رہی تھیں۔ میں نے دیکھے بغیر خنجر اپنے پیچھے کھڑے چیتے کے جسم میں پیوست کر دیا۔ چیتا خون آشام غراہٹ کے ساتھ تلملایا اور میری پیٹھ سے اتر کر ایک طرف بھاگ گیا۔

راجو شاید اسی لمحے کا منتظر تھا، اس نے آن واحد میں کئی گولیاں فرار ہوتے چیتے پر داغ دیں مگر وہ تو پلک جھپکتے میں غائب ہو گیا تھا۔

راجو نے فوراً آگے بڑھ کر مجھے اٹھایا، میرے زخمی کندھے سے ابلتا خون سارے جسم کو تر کر رہا تھا۔ اس نے مجھے کندھے پر اٹھایا اور جنگل سے باہر دوڑ لگا دی۔ اس دوران

میں درد کی شدت سے بے ہوش ہو گیا۔

**

جب مجھے ہوش آیا، تو میں زمیندار کی حویلی کے صحن میں ایک چارپائی پر پڑا تھا۔ میری قمیص اتار کر زخموں کی مرہم پٹی شاید راجو نے خود کی تھی کیونکہ وہ ادویہ کا بکس اٹھائے میرے سرہانے ہی کھڑا تھا۔ صحن میں گاؤں والوں کا ہجوم تھا، سب میری طرف پر تشویش نظروں سے دیکھ رہے تھے۔

اس موذی نے مجھے اس قدر پریشان کر دیا تھا کہ اس کا ہیولا ذہن میں آتے ہی اپنے زخم کی تکلیف فراموش کر کے میں راجو کی مدد سے اٹھ کر بیٹھ گیا۔ اب میں ہر قیمت پر اس چیتے کو موت کے گھاٹ اتارنا چاہتا تھا۔ میں نے گاؤں والوں کو اکٹھا کیا اور ان سے کہا کہ وہ ہمارے ہمراہ زخمی چیتے کو تلاش کریں، کہیں نہ کہیں ضرور اس کا سراغ مل جائے گا۔ دراصل زخمی حالت میں اس کے فرار کے بعد میں خاصا پُر امید ہو گیا تھا۔ مجھے یقین تھا کہ چند روز تک وہ اپنے زخم چاٹے گا اور اس جنگل سے نکل کر کہیں اور نہیں جائے گا۔

اگر میں زخمی نہ ہوتا تو گاؤں والوں کی مدد کے بغیر ہی راجو کے ہمراہ آدم خور کے تعاقب میں نکل کھڑا ہوتا مگر میرے زخمی ہونے کے بعد صورت حال بدل چکی تھی۔ ایسی حالت میں آدم خور کا تنہا تعاقب سیدھی سادی خودکشی تھی، لیکن گاؤں والوں کے دلوں پر چیتے کی ہیبت اس قدر طاری تھی کہ انھوں نے ہانکا کرنے سے صاف انکار کر دیا۔ اتنے دنوں کی مشقت اور صعوبتیں اٹھانے کے بعد جب منزل قریب آنے کے آثار پیدا ہوئے تو گاؤں والوں کی بزدلی نے سارے کیے کرائے پر پانی پھیر دیا۔

میری گردن، گھٹنے اور انگلیوں پر بھی گہری خراشیں آئی تھیں۔ ایک ہفتہ شدید تکلیف کے عالم میں بسر ہوا۔ اس دوران راجو کے علاوہ قریبی قصبے سے ایک ناتجربہ کار

ڈاکٹر میرے زخموں کی دیکھ بھال کرتا رہا مگر تکلیف روز بروز بڑھتی گئی۔ بخار بھی رہنے لگا۔ میری ذاتی رائے تھی کہ چیتے کے دانتوں اور پنجوں کا زہر میرے خون میں سرایت کر چکا ہے۔ بالآخر میری حالت کی خبر ڈپٹی کمشنر کے کانوں میں پڑی، تو انھوں نے اگلے ہی روز مجھے بنگلور کے سول ہسپتال میں داخل کرنے کے احکامات صادر کر ڈالے۔

بنگلور ہسپتال میں پڑے پڑے مجھے دو ماہ ہو گئے۔ اس دوران راجو نے میری خدمت کرنے میں کوئی کسر نہ چھوڑی۔ وہ صحیح معنوں میں میرا رفیق ثابت ہوا۔ مجھے آدم خور کی سرگرمیوں کے بارے میں بھی تفصیلی خبریں ملتی رہیں۔ وہ اتنا نڈر ہو چکا تھا کہ لنگا دھالی، تدک، سنتاویری، ہوگر خان اور ہوگر الی میں دن دہاڑے کسی نہ کسی کو پکڑ کر لے جاتا۔ ایک مرتبہ اس نے ہوگر خان کے ریلوے اسٹیشن پر نمودار ہو کر سنسنی پھیلا دی۔ اس کے بعد متضاد خبریں آنے لگیں۔ کبھی معلوم ہوتا کہ آدم خور مارا گیا اور کبھی پتا چلتا کہ نہیں مرا۔ حکومت کی طرف سے بھیجے گئے فوجی افسروں نے آدم خور کے مغالطے میں کئی جنگلی درندوں کو موت کے گھاٹ اتار دیا۔ راجو بڑی بے قراری سے میری صحت یابی کی دعائیں مانگا کرتا تھا۔ خود میری طبیعت ہسپتال میں پڑے پڑے بیزار ہو چکی تھی، میں چاہتا تھا کہ جتنی جلد ہو سکے اس کمرے سے نکلوں اور آدم خور سے بدلہ لے کر حساب چکتا کروں، مگر ڈاکٹروں نے میری ایک نہ چلنے دی۔

خدا خدا کر کے ڈھائی ماہ بعد مجھے ہسپتال سے رخصت ملی، تو میں راجو کے ہمراہ سیدھا ہوگر خان پہنچ گیا۔ اسٹیشن کے باہر سرکاری اہلکاروں نے اونچی اونچی بلیلاں باندھ کر لوہے کی باڑ نصب کر رکھی تھی۔ ہر طرف مہیب سناٹا اور دہشت کی فضا چھائی ہوئی تھی۔

آدم خور کے تعاقب میں مجھے دن کا چین تھا نہ رات کا ہوش، بس میرے دل و دماغ پر یہی دھن سوار تھی کہ کسی طرح اسے جہنم واصل کر دوں۔ راجو سائے کی طرح میرے

ساتھ تھا۔ وہ نہایت نڈر اور بہادر آدمی تھا، مجھے یہ کہنے میں کوئی عار نہیں کہ اگر وہ میرا ساتھ نہ دیتا تو شاید میں کبھی آدم خور کو جہنم واصل کرنے میں کامیاب نہ ہوتا۔

اس دوران ہمیں آدم خور کی پچھلی زندگی کے بارے میں خاطر خواہ معلومات مل چکی تھیں۔ وہ مہاراجہ گوالیار کے ذاتی چڑیا گھر کا سدھایا ہوا شکاری چیتا تھا جو مہاراجہ نے اپنے ایک انگریز فوجی افسر دوست کو تحفتاً دیا تھا۔ بنگلور میں تعیناتی کے دوران اس انگریز افسر کی لاپرواہی کے نتیجے میں چیتا آزاد ہو گیا اور یوں اس المناک داستان کی ابتدا ہوئی۔ میری صحت یابی تک وہ منحوس درندہ ڈیڑھ سو افراد کو اپنا لقمہ بنا چکا تھا۔

تین دن بعد بھرن پاڑ سے یہ خبر ملی کہ وہاں ایک چودہ سالہ لڑکے کو آدم خور اٹھا لے گیا۔ یہ حادثہ بھرن پاڑ کی پہاڑی ڈھلوانوں کے قریب پیش آیا تھا جو چیتل درگ کے جنوب میں واقع ہیں اور وہاں صدیوں پرانے قلعے کے کھنڈر بھی موجود تھے۔

ہم نے اسی وقت گھوڑے سنبھالے اور چیتل درگ روانہ ہو گئے۔ ہمیں وہ جھونپڑی دکھائی گئی جہاں چیتے نے واردات کی تھی۔ وہ شکار منہ میں دبائے پہاڑی کی طرف بھاگ گیا تھا۔ لوگوں کے بیانات سے میں نے اندازہ لگایا کہ آدم خور لاش کو قلعے کے کھنڈر میں لے گیا تھا اور شاید اب تک وہیں ہو۔ کسی نے چیتے کا تعاقب کرنے کی جرأت نہ کی۔

اس جگہ مسلمانوں کی آبادی خاصی زیادہ تھی۔ شکار ہونے والا لڑکا بھی مسلمان ہی تھا۔ سمجھانے بجھانے پر ہمارے ہمراہ آٹھ نوجوان کھنڈروں تک جانے کے لیے راضی ہو گئے۔ اگرچہ سورج غروب ہونے میں زیادہ دیر نہیں تھی لیکن میں آج ہی کھنڈر جانا چاہتا تھا۔ راستہ انتہائی دشوار اور خطرناک تھا۔ جوں جوں ہم آگے بڑھے ہمارے ساتھ آنے والے نوجوان سراسیمگی کا شکار نظر آنے لگے۔ جب مجھے احساس ہوا کہ وہ آگے بڑھنے سے کترا رہے ہیں، تو میں نے مزید وقت ضائع کرنا مناسب نہ سمجھا اور انھیں وہیں رکنے

کی ہدایت دے کر راجو کے ہمراہ پتھروں کو پھلانگتا خاردار جھاڑیوں کی پرواکیے بغیر کھنڈروں تک پہنچنے میں کامیاب ہو گیا۔

میں نے برسوں پہلے اپنی ملازمت کے ابتدائی دنوں میں وہ کھنڈر دیکھے تھے۔ ان کی حالت اب بھی ویسی ہی تھی۔ غروب ہوتے سورج کی سنہری کرنوں میں کھنڈر عجب ڈراؤنا منظر پیش کر رہے تھے۔

قلعے میں داخل ہوتے ہی میری چھٹی حس خطرے کا اعلان کرنے لگی۔ میں نے راجو کو اشارہ کیا اور لبلبی پر انگلی جمائے چاروں طرف نظریں دوڑانے لگا۔ دائیں جانب واقع جھاڑیوں میں ہلکی سی کھڑکھڑاہٹ سن کر میں نے اپنی سماعت اسی جانب مرکوز کر دی۔ مجھے اپنی قوت سماعت پر کامل بھروسا تھا۔ جھاڑیاں مجھ سے تیس گز دور تھیں۔ میں عجلت کا مظاہرہ کر کے بنا بنایا کام بگاڑنا نہیں چاہتا تھا۔ مجھے یقین تھا کہ آدم خور اپنی فطرت کے مطابق مجھے بے خبری میں دبوچ لینا چاہتا ہے۔

دفعتہ آدم خور کی سانسوں کی آواز ابھری اور میں برق سرعت سے اس جانب گھوم گیا۔ اسے لمحے جھاڑیوں میں دبکے ہوئے آدم خور نے اپنا سر اٹھایا اور اس کی آبگینوں کے مانند دمکتی ہوئی آنکھیں جیسے میرے وجود میں سوراخ کرنے لگیں۔ آدم خور کی اس تنویمی قوت کا ماضی قریب میں مجھے خاصا تلخ تجربہ ہو چکا تھا۔ اس سے قبل کہ وہ جست لگا کر میرے سر پر پہنچتا میری گولی اس کا داہنا شانہ توڑتی ہوئی نکل گئی۔ زخمی ہونے کے باوجود چیتا دل دہلا دینے والی غراہٹ کے ساتھ میری جانب جھپٹا۔ میں نے فوراً زمین پر لوٹ لگائی اور سیدھا ہوتے ہی دوسری گولی داغ دی جو اس کی گردن میں سوراخ کرتی نکل گئی۔ اس دوران راجو بھی یکے بعد دیگرے تین فائر داغ چکا تھا۔ چیتا فضا میں اچھل کر قلعے کی دیوار سے جا ٹکرایا اور وہیں گر کر ذبح شدہ جانور کی طرح تڑپنے لگا۔ تڑپتے تڑپتے وہ ایک

بار پھر فضا میں اچھلا لیکن فوراً ہی میری گولی اس کی کھوپڑی میں پیوست ہوگئی اور وہ دوبارہ نہ اٹھ سکا۔

اس طرح بہت بڑے رقبے پر تباہی پھیلانے والا انسان ہی کا سدھایا ہوا ایک درندہ اپنے انجام کو پہنچا۔ جب راجو اور میں چیتے کی پیمائش اور معاینہ کر چکے تو اسے ایک درخت کے سائے میں ڈال دیا گیا۔ اگلے روز صبح سے شام تک سینکڑوں مرد اور عورتیں اسے دیکھنے آتے رہے۔

اس لمحے ہم دونوں نے خود کو دنیا کے مسرور ترین انسانوں میں شامل محسوس کیا کیونکہ ہم اب حکومت اور آس پاس کے دیہہ میں بسنے والوں کو بتا سکتے تھے کہ تین سال سے ان کی زندگی کو عذاب بنا دینے والا موذی ٹھکانے لگ چکا تھا۔

***

آخری آدم خور

میں اپنی شکاری زندگی کے جس باب کو صفحہ قرطاس کی زینت بنانے چلا ہوں، وہ یادگار واقعہ ہے۔ مجھے ہندوستانی پولیس میں تعینات ہوئے چھٹا برس تھا، جب میرا تبادلہ ریاست میسور کے ضلع سموگا کر دیا گیا۔ میری تعیناتی شہر سموگا سے تین میل کی مسافت پر واقع قصبے تلگار تھی میں ہوئی۔ یاد رہے کہ میسور کا یہ جنگلی علاقہ صدیوں سے چیتوں کا مسکن رہا ہے۔ ان دنوں بھی وہاں کے جنگلوں میں چیتوں کی کثرت تھی۔ علاقے کی بیشتر آبادی ہندو تھی جو اپنے مردے جلاتے ہیں۔ یہ رسم کسی ندی یا دریا کے کنارے ادا کی جاتی۔ اس زمانے میں تلگار تھی کے کئی دیہات پہاڑیوں پر واقع تھے، ندی یا دریا ان سے کئی میل دور نیچے وادی میں بہتے تھے۔ یوں اندازہ لگایا جا سکتا ہے کہ دیہاتیوں کو مردے جلانے کے لیے کس قدر دقت کا سامنا کرنا پڑتا ہوگا۔ عام حالات میں ہندو اپنی یہ مذہبی رسم بڑے اہتمام سے ادا کرتے، لیکن جب کسی وبا کے باعث لوگ زیادہ تعداد میں مرنے لگتے، تو یہی رسم خاصی حد تک سادہ اور سہل بن جاتی۔ عموماً وہ مردے کے منہ میں سلگتا کوئلہ ڈالتے اور اسے چوبی تختے پر باندھ کر نیچے وادی میں پھینک دیتے۔ ۱۹۱۸ء میں جب ان علاقوں میں انفلوئنزا پھیلا، تو تلگار تھی کے ہندوؤں نے یہی طریقہ آزمایا۔ انھیں خبر نہ تھی کہ یہ مذہبی رسم کچھ عرصے بعد ان کے لیے موت کا پیغام بن جائے گی۔

اُن وادیوں میں چیتوں کی بہتات تھی۔ دورانِ وبا انسانی لاشوں کی وافر دستیابی کے باعث کئی چیتے آدم خوری میں مبتلا ہو گئے۔ درندے عموماً مرا ہوا شکار نہیں کھاتے۔ لگتا

ہے ان دنوں جنگل میں عام شکار کم تھا، اس لیے وہ انسانی لاشوں کی طرف متوجہ ہو گئے۔ یہی وجہ ہے کہ جیسے ہی وبا ختم ہوئی، اس سے کہیں زیادہ مہلک وبا آدم خور چیتوں کی شکل میں تلگار تھی کے گردونواح پر نازل ہو گئی۔ مجھے نہیں معلوم کہ آدم خوروں کی صحیح تعداد کیا تھی اور انھوں نے اپنی وارداتوں کا آغاز کیسے کیا۔ بہر حال میں نے سات ماہ کے دوران چھ آدم خور چیتے ہلاک کیے جو مخصوص علاقے میں خوف و ہراس پھیلائے ہوئے تھے۔ میرے ہاتھوں ایک ہی مقام پر ہلاک ہونے والے آدم خوروں کی یہ ریکارڈ تعداد تھی۔ چھ آدم خوروں کی ہلاکت کے بعد علاقے میں ایک ماہ تک سکون رہا۔ دیہاتیوں سمیت میں بھی یہی سمجھا کہ شاید مردم خور بننے والے تمام چیتے جہنم واصل ہو چکے ہیں مگر یہ ہماری بھول تھی۔

ایک ماہ ہی گزرا تھا کہ ایک دن کوئی دیہاتی دوڑا دوڑا تھانے آیا اور پھولی ہوئی سانسوں کے درمیان مجھے بتایا کہ اس کے بھائی کو چیتا اٹھالے گیا ہے۔ یہ خبر ملتے ہی میں اور راجو اُس کے ساتھ چل پڑے۔ راجو کے پاس شاٹ گن تھی جبکہ میرے پاس رائفل اور ٹارچ۔ شام کے سائے گہرے ہوتے جا رہے تھے اور ہم رات سے قبل ہی جائے وقوعہ کا معائنہ کرنا چاہتے تھے۔ مقررہ جگہ پہنچ کر ہم نے دیکھا کہ بستی سے ذرا ہٹ کر جنگل کے کنارے دو جھونپڑیاں واقع ہیں۔ ایک جھونپڑی کی دیوار پھٹی ہوئی تھی اور زمین پر کسی کے گھسیٹے جانے کے نشانات کے ساتھ ساتھ خون کے دھبے بھی واضح تھے۔ پھٹی ہوئی دیوار کی ہیئت دیکھ کر میں نے اندازہ لگایا کہ چیتا خاصا جسیم اور طاقتور ہے۔

ہم دونوں نے دیہاتی کو وہیں رکنے کا اشارہ کیا اور چیتے کے نقوشِ پا اور خون کے نشانات کا معائینہ کرتے ہوئے جھونپڑے سے دور نکل آئے۔ فضا پر موت کا سکوت چھایا ہوا تھا مگر میری چھٹی حس مسلسل خطرے کی نشاندہی کر رہی تھی۔

جیسے ہی میں نے ٹارچ کی روشنی جنگل کی سمت پھینکی تیس گز دور جھاڑیوں میں پل بھر کے لیے دو آبگینے چمکے اور اگلے ہی لمحے خون آشام درندے کی غصیلی غراہٹیں خاموش فضا میں تلاطم برپا کر گئیں۔ ہم وہیں رک گئے۔ راجو نے اپنی شاٹ گن اور میں نے رائفل کندھے سے لگا لی، درندے کی طرف سے کسی بھی لمحے حملہ متوقع تھا۔ لیکن چیتا جست لگا کر جھاڑیوں سے نکل گیا۔ اس کا رُخ جنگل کی طرف تھا۔ اس کی محض جھلک ہی نظر آئی پھر وہ نظروں سے اوجھل ہو گیا۔ ہمیں اتنا موقع نہیں ملا کہ اس پر گولی چلاتے۔

آدم خور نے ابھی آدھا شکار ہی کھایا تھا۔ میں نے چاروں طرف نظریں دوڑائیں تاکہ چھپنے کی کوئی جگہ مل جائے جہاں ہم اس کی واپسی کا انتظار کر سکیں۔ ابھی ہم جائزہ لے ہی رہے تھے کہ معاً ایک دھاڑ سنائی دی اور تیس چالیس گز دور جھاڑیاں یوں ہلنے لگیں جیسے طوفان آ رہا ہو۔ ہمارے دائیں جانب پانچ فٹ اونچی ایک گھنی جھاڑی تھی جو خاصی پھیلی ہوئی تھی۔ میں پنجوں کے بل اس کی طرف رینگنے لگا اور راجو کو جھونپڑیوں کی طرف بڑھنے کا اشارہ کیا۔

راجو جیسے ہی جھونپڑیوں کی قریب پہنچا ایک دیو ہیکل چیتا سماعت پاش دھاڑ کے ساتھ اس پر حملہ آور ہو گیا۔ اس وقت میرے اور راجو کے درمیان بمشکل بیس پچیس گز کا فاصلہ تھا۔ جیسے ہی چیتا نشانے کی زد پر آیا میں نے یکے بعد دیگرے دو فائر کر دیے۔ اسی لمحے راجو کی شاٹ گن کا دھماکا بھی سنائی دیا۔ میں نے ایک پل کے لیے چیتے کو فضا میں قلابازی کھاتے دیکھا اور پھر وہ نظروں سے یوں اوجھل ہو گیا جیسے ہوا میں تحلیل ہو گیا ہو۔

دورانِ شکار اس قسم کے واقعات رونما ہوتے رہتے ہیں لہٰذا مجھے کچھ زیادہ حیرت نہ

ہوئی۔ تھوڑی دیر تک وہیں رک کر میں بھی جھونپڑے کی طرف بڑھا۔ یہ جھونپڑا چیتے کی دست برد سے محفوظ رہا تھا۔ اس میں دو عورتیں اور وہ مرد بیٹھا نظر آیا جو ہمیں بلا کر لایا تھا۔ تینوں سخت خوفزدہ تھے۔ ایک عورت اس کی بیوی تھی اور دوسری اس کے بھائی کی بیوہ جسے آدم خور نے ہلاک کر دیا تھا۔ ہم نے انھیں تسلی دی، تو ان کے اعصاب پرسکون ہوئے۔

بدقسمتی سے اس مقام پر گھاس اور خاردار جھاڑیوں کے علاوہ کچھ نہ تھا۔ ادھ کھائی لاش کے قریب کوئی درخت بھی نہ تھا جس پر مچان بنائی جا سکتی۔ تھوڑی دیر بعد پورا چاند طلوع ہو گیا اور دور دور تک چاندنی نے گھاس کے قطعوں کو منور کر دیا۔ ہمارے پاس وافر مقدار میں گولیاں موجود تھیں اور ہمیں یقین تھا کہ آدم خور باقی ماندہ لاش کھانے ضرور واپس آئے گا۔ جھونپڑے میں موجود تینوں نفوس اب بھی دہشت زدہ تھے۔ ہمارے اصرار کے باوجود وہ گاؤں جانے پر تیار نہ ہوئے۔ ان کا کہنا تھا کہ وہ دن چڑھنے کے بعد ہی وہاں سے جائیں گے۔ اس دوران راجو نے لالٹین روشن کر دی۔ اب مجھے جھونپڑے کی دیوار کے ساتھ چھکڑے کا ایک پہیہ پڑا نظر آیا۔ قریب جا کر دیکھا، تو وہ خاصا مضبوط اور وزنی تھا۔

اسے دیکھتے ہی مجھے ایک ترکیب سوجھی۔ وہ یہ کہ لاش کے قریب ایک گہرا گڑھا کھود کر اسے کمین گاہ بنا لیا جائے۔ خود کو محفوظ رکھنے کے لیے اس پر چھکڑے کا پہیہ رکھا جا سکتا تھا۔ یوں گڑھے کے اندر سے میں نہ صرف لاش پر نظر رکھتا بلکہ درندہ ادھر آتا، تو خاصی قریب سے اُسے نشانہ بھی بنا سکتا تھا۔

یہ منصوبہ راجو کو بھی پسند آیا۔ خوفزدہ مرد نے پہیے کے علاوہ ہمیں زمین کھودنے کا نہ صرف سامان مہیا کیا بلکہ کھدائی میں بھی ہماری مدد کی۔ کھدائی کے دوران نکلنے والی مٹی

جھونپڑے کے آس پاس پھیلا دی گئی۔ طے یہ پایا کہ میں اس میں بیٹھ کر آدم خور کا انتظار کروں اور راجو شاٹ گن لیے جھونپڑے میں رہے۔ دراصل اس امر کا قوی امکان تھا کہ آدم خور ادھ کھائی لاش کے بجائے جھونپڑے پر حملہ آور ہو جائے تاکہ تازہ شکار کر لے، ایسے میں راجو اسے نشانہ بنا سکتا تھا۔

ہوا کا گزر نہ ہونے کے باعث گڑھے میں اچھی خاصی گرمی تھی۔ میرے سر پر تاروں بھرا آسمان دلفریب منظر پیش کر رہا تھا۔ ایک گھنٹے کے جان لیوا انتظار کے بعد اچانک مجھے یوں محسوس ہوا جیسے کوئی قریب ہی کھڑا زور زور سے سانس لے رہا ہے۔ میں چوکنا ہو کر بیٹھ گیا اور رائفل پر اپنی گرفت مضبوط کر لی۔ میں خوامخواہ باہر جھانک کر اپنی کمین گاہ کا راز فاش نہیں کرنا چاہتا تھا۔ تھوڑی دیر بعد دبی دبی غراہٹیں سنائی دینے لگیں۔ مجھے یقین ہو گیا کہ آدم خود بچی کھچی لاش کھانے آ پہنچا۔ میں رائفل سیدھی کیے، آہستہ آہستہ پنجوں کے بل اوپر اٹھا اور از حد احتیاط سے پہیہ سرکا کر باہر جھانکا، تو یہ دیکھ کر چونک گیا کہ ایک کے بجائے دو آدم خور وہاں موجود تھے۔ ایک لاش کو اگلے پنجوں میں دبائے خونخوار دانتوں سے نوچ رہا تھا جبکہ دوسرا کچھ فاصلے پر بیٹھا بڑے غور سے اسے دیکھ رہا تھا۔ وہ ایسے رخ پر بیٹھا تھا کہ گڑھا بھی بخوبی دیکھ سکتا تھا لہٰذا اس نے میرا اوپر اٹھتا ہوا سر دیکھ لیا۔

وہ یکدم دھاڑ کر پنجوں پر کھڑا ہو گیا اور مجھے لال انگارہ آنکھوں سے یوں گھورنے لگا کہ پل بھر کے لیے میرا دل دھڑکنا بھول گیا۔ میرے لیے یہ سوچنا دوبھر ہو گیا کہ اب کیا کروں۔ مجھے ایک نہیں دو آدم خوروں کا سامنا تھا۔ اگر ایک پر گولی چلاتا، تو دوسرا کود کر مجھ پر آپڑتا۔ میرے اور ان کے درمیان فاصلہ بھی خطرناک حد تک کم تھا۔ میں رائفل تیار حالت میں تھامے سانس روک کر انتظار کرنے لگا کہ پہلے کون سا آدم خور حملہ کرتا

ہے، لیکن ہوا اس کے برعکس۔

مزے سے لاش کی ہڈیاں چباتے اور گوشت نوچتے چیتے نے جب یہ دیکھا کہ دوسرا چیتا جارحانہ انداز میں اٹھ کھڑا ہوا ہے اور غرا رہا ہے، تو سمجھا کہ وہ اس پر حملہ کرنے لگا ہے۔ یہ مغالطہ میرے لیے کارآمد ثابت ہوا۔ لاش کھانے والے آدم خور نے دل دہلا دینے والی غراہٹوں کے ساتھ دوسرے چیتے پر حملہ کر دیا۔ دونوں آپس میں بے تحاشا لڑنے لگے۔ یہ میرے لیے امداد غیبی ہی تھی۔ میں آہستہ سے پہیہ ایک طرف سرکا کر اٹھ کھڑا ہوا۔ اب میں دھڑ تک گڑھے سے باہر تھا۔ میں نے چیتوں کی طرف نظر دوڑائی تو بے تحاشا ہلتی ہوئی گھاس اور گرد کے بادل کے سوا کچھ دکھائی نہ دیا۔ بس غصیلی غراہٹیں ہی پتا دیتی تھیں کہ اُس طرف دو خون آشام درندے گتھم گتھا ہیں۔ میں گولی چلا سکتا تھا مگر یوں دونوں میں سے کوئی زخمی ہو کر فرار ہو جاتا جو میں نہیں چاہتا تھا۔ مجھے زیادہ دیر انتظار نہیں کرنا پڑا، کچھ دیر بعد غراہٹوں کی شدت میں کمی آ گئی جس کے ساتھ ہی ایک چیتے کی غراہٹیں دور ہوتی سنائی دیں۔ میں نے اندازہ لگا لیا کہ وہ پسپا ہو چکا ہے۔ اب میں رائفل کندھے سے لگا کر منتظر تھا کہ کب گرد کا بادل بیٹھے اور میں فاتح درندے کو نشانہ بنا لوں۔ چند ثانیے بعد درندہ گرد کے مرغولے میں سے نمودار ہوا۔

ہدف کو چند گز کے فاصلے پر دیکھ کر میں جوش اور خوشی سے بھر گیا میں نے یکے بعد دیگرے دو فائر اس کی جانب جھونک دیے۔ ساکت فضا میں چار سو پچاس ایکسپریس کا کان پھاڑ دینے والا دھماکا ہوا۔ مگر یہ دیکھ کر میرے ہاتھ پیر پھول گئے کہ گولیوں سے آدم خور کا بال بھی بیکا نہیں ہوا۔ شاید میں عجلت میں تاک کر گولی نہ چلا سکا۔

اس سے قبل کہ میں رائفل بھرتا، آدم خور نے غضب ناک دھاڑ کے ساتھ میری جانب جست لگا دی۔ اسے خود پر حملہ آور ہوتے دیکھ کر میری جو حالت ہوئی وہ بیان سے

باہر ہے۔ میں جلدی سے جھک کر گڑھے میں دبک گیا اور زندگی بھر کی مشاقی و مہارت بروئے کار لاتے ہوئے رائفل دوبارہ بھرنے لگا۔ عین اسی لمحے فضا شاٹ گن کے فائر سے گونج اٹھی۔

راجو کو شاید میرے گڑھے میں دبکنے ہی کا انتظار تھا۔ افسوس اس کی گولی بھی ضائع گئی کیونکہ عین اسی لمحے میں نے آدم خور کو اپنے اوپر سے جست لگاتے دیکھا۔ اسی لمحے پھر شاٹ گن کا دھماکا سنائی دیا اور ساتھ ہی ایک ہولناک انسانی چیخ سے میں دہل گیا. وہ چیخ میرے ساتھی راجو کی تھی۔

بس پھر کیا تھا، میں اپنی جان کی پروا کیے بغیر اچھل کر گڑھے سے باہر نکلا۔ کیا دیکھتا ہوں کہ دس گز دور لمبی لمبی گھاس بے تحاشا ہل رہی تھی۔ ساتھ ہی غراہٹوں اور انسانی کراہوں کی ملی جلی آوازیں سنائی دیں جیسے درندہ اور انسان آپس میں گتھم گتھا ہوں۔ جیسے ہی میں قطعہ گھاس کے قریب پہنچا میرے رونگٹے کھڑے ہو گئے۔

ایک تنومند چیتا راجو سے لڑتے ہوئے اسے پھاڑ کھانے کے چکر میں تھا۔ راجو اس کے خوفناک دانتوں اور تیز نوکیلے پنجوں سے بچنے کی جان توڑ کوشش کر رہا تھا۔ اسی کوشش میں اس کی پگڑی کھل گئی اور لباس جگہ جگہ سے پھٹ گیا جس پر خون کے سرخ سرخ دھبے واضح نظر آ رہے تھے۔ یہ دیکھ کر میرا دل ڈوبنے لگا۔

میں جانتا تھا کہ راجو زیادہ دیر اس غیر معمولی طاقتور لحیم شحیم چیتے کا مقابلہ نہیں کر سکے گا۔ میں اگر گولی چلاتا، تو چیتے سے زیادہ راجو کے نشانہ بننے کے امکانات تھے مگر یوں محو تماشا بھی تو نہیں رہا جا سکتا تھا۔ میں نے چیتے کی توجہ ہٹانے کے لیے ایک ہوائی فائر کیا، سماعت پاش دھماکا گونجتے ہی چیتے نے فوراً خشم ناک نگاہوں سے مجھے گھورا اور خون آلود دانت نکال کر غرایا۔ زخمی راجو کے حلق سے گھٹی گھٹی چیخیں برآمد ہو رہی تھیں۔ عین

اس لمحے جب چیتا مجھ پر حملہ کرنے یا نہ کرنے کے شش و پنج میں مبتلا تھا، میں نے اس کی پیٹھ کا نشانہ لے کر گولی داغ دی۔ وہ میری پیشہ ورانہ مہارت کی کڑی آزمائش کا لمحہ تھا۔ چیتے کی پشت ایسے زاویے پر تھی کہ اگر میرا نشانہ خطا ہو جاتا تو گولی سیدھی راجو کے سینے میں اتر جاتی۔ خوش قسمتی میرے ساتھ تھی، گولی کھا کر چیتا خون آشام غراہٹ کے ساتھ اچھلا۔ اس دوران راجو نے جرأت کا مظاہرہ کرتے ہوئے زمین پر لیٹے لیٹے ہی لوٹ لگائی اور چیتے کی گرفت سے نکل آیا۔

چیتا جیسے ہی تڑپ کر گرا، میں نے تاک کر دوبارہ فائر کر دیا۔ گولی نے اس کی پیشانی کا مہلک بوسہ لیا اور وہ کوئی آواز نکالے بغیر ڈھیر ہو گیا۔ میں نے اسی پر اکتفا نہیں کیا اور دو مزید گولیاں اُس کے وجود میں اتار دیں۔ درندے کی موت کا اطمینان ہونے کے بعد میں تیزی سے راجو کی طرف بڑھا۔ بلاشبہ وہ بڑے مضبوط اعصاب کا مالک تھا۔ جب میں نے اسے تھاما تو اس کے زخموں سے خون ابل کر میرا لباس بھی تر کرنے لگا تاہم وہ چیتے کی موت پر خوش تھا۔ میں اسے اٹھا کر جھونپڑے میں لے گیا۔ خوش قسمتی سے اس کے زخم زیادہ سنگین نہ تھے، البتہ خون کافی مقدار میں بہ گیا تھا۔

اس آدمی کی مدد سے میں نے راجو کو فوراً گاؤں پہنچایا۔ صبح کاذب کا وقت تھا۔ گاؤں والے رائفلوں کے دھماکوں اور چیتوں کی غراہٹیں سن کر پہلے ہی گھروں سے لاٹھیاں اور بلم لے کر نکل آئے تھے۔ ان میں میرے تھانے کے سپاہی بھی تھے۔ ضروری مرہم پٹی کے بعد راجو کو میسور کے فوجی ہسپتال منتقل کر دیا گیا۔ آدم خور درندوں کے پنجوں اور دانتوں میں خاص قسم کا زہر پیدا ہوتا ہے جس کے باعث زخم جلد نہیں بھرتے۔ اگر بروقت علاج نہ کیا جائے، تو زہر سارے جسم میں پھیل کر ویسے اثرات پیدا کرتا ہے جیسے باؤلے کتے کے کاٹنے سے ظاہر ہوتے ہیں۔

اگرچہ تلگار تھی کا ساتواں آدم خور میرے ہاتھوں جہنم واصل ہو چکا تھا مگر مجھے ایک پل قرار نہ تھا۔ ایک طرف مجھے راجو کی فکر تھی، تو دوسری طرف اس آدم خور چیتے کے متعلق تشویش جو میری آنکھوں کے سامنے سے فرار ہوا تھا۔ اگر راجو کے ساتھ حادثہ پیش نہ آتا، تو میں اسی رات اُس کے تعاقب میں نکل کھڑا ہوتا۔ اب مجھے آدم خور کی طرف سے جوابی حملے کا انتظار تھا۔ مجھے یقین تھا کہ وہ جلد یا بدیر کسی آبادی پر حملہ آور ہو گا۔

مجھے یہ بھی یقین تھا کہ تلگار تھی کی پہاڑیوں میں پایا جانے والا وہ آٹھواں آدم خور چیتا اسجتھے کا آخری رکن تھا جس کے باقی ساتھی میرے ہاتھوں جہنم واصل ہو چکے تھے۔ اس یقین کی بنیادی وجہ یہ تھی کہ ساتویں آدم خور کی ہلاکت کے بعد آس پاس کی آبادیوں سے کسی واردات کی اطلاع موصول نہیں ہوئی۔ لوگ تو اس خوش فہمی میں مبتلا ہو گئے کہ آدم خوروں کا صفایا ہو چکا۔ راجو کو ہسپتال میں دو ہفتے ہوئے تھے جب ایک روز علی الصباح مجھے آدم خور کی تازہ ترین واردات کی اطلاع ملی۔ میں ناشتے سے فارغ ہوا ہی تھا کہ ایک آدمی بھاگا بھاگا میرے پاس خبر لایا کہ آدم خور نے بالم کوٹ میں ایک آدمی کو ہلاک کر دیا ہے۔ بالم کوٹ وہاں سے تین میل دور تھا۔ میرے وہاں پہنچتے ہی اس بدنصیب کے بھائی نے مجھے حادثے کی تفصیل سنائی۔ مقتول کے گھر کی ایک کھڑکی پہاڑوں کی طرف کھلتی تھی۔ اس کا معمول تھا کہ وہ رات کو کھڑکی کے پاس بیٹھ کر حقہ پیا کرتا۔

حادثے والی رات وہ حسب معمول کھڑکی کے پاس بیٹھا تھا۔ اس کی بیوی دروازے کی دہلیز پر بیٹھی برتن دھو رہی تھی۔ اچانک کسی درندے کی خون آشام غراہٹ سن کر اس کے ہاتھ پیر پھول گئے۔ اگلے ہی لمحے درندے کی غصیلی غراہٹوں میں اس کے شوہر کی دہشت ناک چیخیں بھی مدغم ہو گئیں۔ اس مکان کا دروازہ چار فٹ چوڑی گلی میں کھلتا تھا

جس کے دونوں جانب مکان تھے۔ درندے کی غراہٹیں اور آدمی کی چیخیں سن کر تمام گھروں کے دروازے بند ہو گئے۔ وہ عورت دوڑ کر اپنے دیور کے مکان پہنچی اور رو رو کر اُسے حادثے کا بتایا۔ دیور بلم سنبھال کر اپنے بھائی کی مدد کو پہنچا مگر وہاں خون کی چھینٹوں اور کھڑکی کے جھولتے پٹ کے سوا کچھ نہ تھا۔

زمین پر نشانات سے چھان بین کرنے پر معلوم ہوا کہ چیتا اپنے شکار کو گلی کے آخر تک گھسیٹتا لے گیا۔ پھر اسے ہلاک کر کے ایک ندی کے کنارے ویران کھیتوں میں پہنچا۔ وہاں اس نے اُس بدنصیب کو ہڑپ کیا اور بچا کھچا حصہ چھوڑ کر غائب ہو گیا۔

اس قصبے میں آدم خور کی یہ پہلی واردات تھی۔ تجربے کی بنیاد پر مجھے یقین تھا کہ آدم خور اسی گاؤں پر دوبارہ شب خون ضرور مارے گا۔ چونکہ ہم نے لاش صبح صبح ہی دریافت کر لی تھی، اس لیے آدم خور کے استقبال کی تیاری کے لیے میرے پاس پورا دن تھا۔ وہاں پنجوں کے بے شمار نشانات دیکھ کر مجھے یہ سمجھنے میں دیر نہ لگی کہ بستی پر حملہ آور ہونے سے قبل چیتے نے تین چار پھیرے لگا کر اطمینان کر لیا تھا کہ وہ مقام شکار کے لیے موزوں ہے یا نہیں۔

چیتے کی گزرگاہ کا تعین کر لینے کے بعد میں نے اس جگہ پولیس چوکی کی طرز پر مچان بنانے کا فیصلہ کیا۔ گاؤں والوں کی مدد سے میں نے شام تک جو مچان تیار کی اس سے بہتر اور مضبوط مچان میں نے عمر بھر نہیں دیکھی تھی۔

پہلے زمین پر لکڑی کے تختوں کا ایک چبوترہ بنایا گیا، پھر اس کے گرد کئی بانس مضبوطی سے گاڑ دیے گئے۔ ان بانسوں کے ساتھ پہلے چبوترے سے چار فٹ بلند ایک دوسرا چبوترہ بنایا گیا اور اس سارے ڈھانچے کے گرد خاردار تار لپیٹ دی گئی۔ جب میں اوپری چبوترے پر سامان خورد و نوش کے ساتھ رائفل سمیت براجمان ہو گیا، تو گاؤں

والوں نے میری ہدایت کے مطابق مچان کو چاروں طرف سے خشک گھاس اور پتوں سے یوں ڈھانپ دیا کہ قریب سے دیکھنے پر بھی اس پر خشک گھاس کے ڈھیر کا گمان گزرتا تھا۔ وہ بیٹھنے کے بعد میں نے چیتے پر گولی چلانے کے لیے گھاس میں ایک سوراخ بنالیا۔ وہ چاندنی رات تھی اور مجھے برقی ٹارچ کی ضرورت نہ تھی۔ رات کے دس بجے سامنے والی پہاڑیوں سے بندروں کی شرارت بھری آوازیں سنائی دیں اور پھر ہر طرف موت کا سا سکوت چھا گیا۔

یکا یک تیز ہوا چل پڑی جس کے باعث درختوں کے پتوں کے ساتھ ساتھ میری کمین گاہ کو ڈھانپنے والی گھاس میں بھی کھڑ کھڑاہٹ ہونے لگی۔ میرا دل بری طرح دھڑکنے لگا۔ بندروں کی آوازیں سن کر میں جان گیا تھا کہ کوئی درندہ پہاڑوں سے اتر رہا ہے۔ رات کے اس پہر بھلا آدم خور کے علاوہ کون ہو سکتا تھا؟ لیکن لمحہ بہ لمحہ تیز ہوتی ہوا نے بھی میرے اوسان خطا کر دیے۔ مجھے یہ دھڑکا لگا تھا کہ کہیں ہوا میری مچان کی گھاس اڑا کر مجھے ظاہر کر دے۔

میرا دماغ انہی خدشات کی آماجگاہ بنا ہوا تھا کہ اچانک مجھے تیز ہوا کے شور میں دبی دبی غراہٹ سنائی دی، لیکن میں معلوم نہ کر سکا کہ وہ کس سمتسے آئی۔ میں اپنی جگہ ساکت و جامد بیٹھا آنکھیں پھاڑ پھاڑ کر سامنے دیکھتا رہا مگر کوئی ذی روح دکھائی نہ دیا۔ اسی لمحے غرانے کی آواز پہلے سے بلند سنائی دی۔ میں نے بے چینی سے پہلو بدلا اور تمام احتیاطی تدابیر بالائے طاق رکھتے ہوئے اپنے سر پر سے گھاس ہٹا کر اٹھ کھڑا ہوا۔

اگلے ہی لمحے مجھے یوں لگا جیسے قریب ہی کہیں بادل گرجا ہے، مگر یہ درندے کی گرج تھی جو میرے سر کے عین اوپر سنائی دی۔ میری چھٹی حس نے مجھے خبردار کرتے ہوئے کہا 'جلدی کرو ورنہ مارے جاؤ گے، میں برقی سرعت سے اس جانب گھوم گیا۔ عین

اسی لمحے مجھے باڑ کا سہارا لیے ہوئے چیتے کا خوفناک سر نظر آ گیا۔ وہ مکار درندہ گھاس کی اوٹ لے کر عقب سے مجھ پر حملہ آور ہوا چاہتا تھا۔ اس کی انگارہ آنکھیں مجھ پر مرتکز تھیں۔

میں نے یکے بعد دیگر دو فائر اس پر جھونک دیے۔ درندہ خون آشام گرج کے ساتھ الٹ کر دور جا پڑا۔ میں نے جلدی سے گھاس ہٹا کر نیچے جھانکا، دور دور تک کسی ذی روح کا نام و نشان نہ تھا۔ نہایت قریب سے چیتے کا سامنا کرنے پر میرا دل بری طرح دھڑک رہا تھا۔ یک لخت چبوترے کے نیچے کھڑ کھڑاہٹ ہوئی اور ایک قد آور چیتا نکل کر پہاڑوں کی طرف بھاگ نکلا۔ میں نے اس پر یکے بعد دیگرے تین گولیاں چلائیں مگر تینوں خطا گئیں۔ تھوڑی دیر قبل میں جس کیفیت سے دو چار ہوا تھا اس نے میرے حواس بری طرح مختل کر دیے تھے۔ شاید اسی لیے میں درست نشانہ نہ لگا سکا اور آدم خور میری نظروں کے سامنے پہاڑوں میں روپوش ہو گیا۔ وہ رات میں نے مچان پر ہی گزاری۔ جب پو پھٹے گاؤں سے لاٹھیوں اور کلہاڑیوں سے مسلح نوجوان پہنچے تو میں نیچے اترا۔ زمین کا معائنہ کرنے پر میں نے دیکھا کہ ایک جگہ چیتے کا خاصا خون اور کچھ فاصلے پر ایک نوکیلا دانت پڑا تھا۔ اس کا مطلب تھا کہ میری ایک گولی نے اس کا جبڑا زخمی کر ڈالا تھا۔

میں نے ناشتے کے بعد گاؤں والوں کو چوپال میں جمع کیا اور آدم خور کے خلاف ان کے جذبات ابھارتے ہوئے ان سے ہانکا کرنے کو کہا۔ پہلے تو آدم خور کی ہیبت کے باعث کوئی تیار نہ ہوا لیکن جب میں نے انہیں یقین دلایا کہ درندے کو کاری زخم آئے ہیں اور اب محض اسے ڈھونڈ کر جہنم واصل کرنا باقی ہے، تو خاصی حیل و حجت کے بعد بارہ مضبوط و توانا نوجوان میرا ساتھ دینے پر آمادہ ہو گئے۔ جن شکاریوں کو پہاڑی جنگلات میں آدم خور چیتے یا شیر کے تعاقب میں نکلنے کا اتفاق ہوا ہے، وہ بخوبی جانتے ہوں گے کہ یہ مرحلہ

جتنا دلچسپ اور امید و بیم کی کیفیت سے بھرپور ہوتا ہے، اس سے کہیں زیادہ خطرناک اور جان لیوا بھی ثابت ہو سکتا ہے۔ زخمی ہونے کے بعد درندے کے غیض و غضب اور عیاری کی انتہا نہیں رہتی، وہ اپنے بچاؤ کے لیے جان پر کھیل جاتا ہے۔ اگر شکاری یا ہانکا کرنے والے ذرا بھی بزدلی دکھائیں تو ان میں سے کسی کی تکا بوٹی کر ڈالنا درندے کے لیے کچھ مشکل نہیں۔

تھوڑی دیر بعد ہانکا کرنے والے خالی ٹین گلے میں لٹکائے میرے دائیں بائیں نصف دائرے کی صورت پھیل کر آگے بڑھنے لگے جبکہ میں ان کے وسط میں چیتے کے خون اور پنجوں کے نشانات کا بغور جائزہ لیتا آگے بڑھتا رہا۔ پہاڑی علاقہ شروع ہونے سے قبل راہ میں خاصا گھنا اور دشوار گزار جنگل پڑتا تھا۔ اس کے علاوہ دور دور تک کوئی ایسا مقام نہ تھا جہاں چیتا پناہ لیتا۔ میں چونکہ تلگار تھی کے سات آدم خوروں کو بڑی کامیابی سے ٹھکانے لگا چکا تھا، اس لیے کچھ زیادہ ہی بے باک اور نڈر بن گیا۔ تاہم مجھے علم تھا کہ یہ آخری آدم خور آسانی سے ہتھے چڑھنے والا نہیں۔ ہم جوں جوں آگے بڑھے جنگل دشوار گزار ہوتا گیا۔ آخر ہم ایسے مقام پر جا نکلے جہاں چھ چھ فٹ اونچی خار دار جھاڑیاں جا بجا راہ میں حائل تھیں۔ جب میں نے ان جھاڑیوں میں گھسنے کی کوشش کی، تو باریک کانٹوں نے میرے کپڑے تار تار کر دیے۔ میں نے اپنے ساتھیوں کو وہیں رکنے کا اشارہ دے دیا۔ رکتے ہی ان کے ٹین پیٹنے میں شدت آ گئی۔ ایک مقام پر چیتے کے بالوں کا گچھا اٹکا دیکھ کر میں ٹھٹک گیا۔ اس سے ذرا آگے کافی مقدار میں خون کے چھینٹے بھی نظر آئے۔

میں نے ساتھیوں سے کہا کہ ٹین پیٹنا بند کر دیں۔ مجھے یقین تھا کہ مفرور چیتا انہی جھاڑیوں میں کہیں دبکا بیٹھا ہے۔ تصدیق کے لیے میں نے مٹی کے چند ڈھیلے جھاڑیوں میں پھینکے، تو موذی درندہ ہولے سے غرایا۔ چیتے کی غراہٹیں سن کر میرے ساتھی آن واحد

میں پلٹ کر بھاگ کھڑے ہوئے۔ مجھے ان سے ایسی ہی بزدلی کی توقع تھی۔ اب میں تنہا درندے کے مقابل تھا۔ مجھے کچھ اور نہ سوجھی تو جھاڑیوں میں دو تین فائر جھونک دیے۔ جنگل کا سکوت ان گنت پرندوں اور بندروں کی چیخوں سے درہم برہم ہو گیا۔ چند ہی ثانیے بعد ان آوازوں میں چیتے کی غراہٹیں اور دور ہوتی گرج بھی شامل ہو گئی۔ اگر خاردار جھاڑیاں میری راہ میں حائل نہ ہوتیں تو تلگار تھی کے آخری آدم خور کا قصہ اسی وقت تمام ہو جاتا۔ بہر حال میں اپنی ناکامی پر کفِ افسوس ملتا گاؤں واپس پہنچا تو لوگوں نے مجھے گھیر لیا۔ مجھے ان سب کی بزدلی پر رہ رہ کر غصہ آرہا تھا مگر میں جانتا تھا کہ ان کا بھاگ جانا فطری عمل تھا۔

میں سمجھتا تھا کہ زخمی چیتا زیادہ دیر بھوک برداشت نہ کرنے کے باعث جلد کسی نہ کسی انسان کی تلاش میں آبادی کا رخ کرے گا لیکن چار دن گزرنے کے باوجود اس کا کہیں نام و نشان نہ ملا۔ امید و بیم کی یہ کیفیت حد درجہ اعصاب شکن اور حوصلہ پست کر دینے والی تھی۔ میں جلد از جلد اس کوفت سے نجات چاہتا تھا۔ جب ایک ہفتہ گزرنے کے باوجود چیتے کی کوئی خبر نہ ملی تو مجھے یقین ہو گیا کہ وہ زخموں کی تاب نہ لا کر مر گیا ہے۔

ایک روز میں نے گاؤں والوں کو چوپال میں جمع کیا اور ان پر زور دیا کہ چیتے کو تلاش کریں، کہیں نہ کہیں اس کی لاش مل جائے گی۔ مگر آدم خور کی ہیبت ان کے دلوں پر اس قدر مسلط تھی کہ کسی نے بھی میرا ساتھ دینے پر آمادگی ظاہر نہ کی۔ ادھر میری رخصت کی میعاد ختم ہونے میں صرف چار دن رہ گئے تھے۔ اگر راجو زخمی نہ ہوا ہوتا، تو میں اس کے ہمراہ پہاڑوں کا رخ کر سکتا تھا مگر تنہا جانے میں کئی خطرات تھے۔ چیتوں کے علاوہ ان پہاڑوں میں دوسرے خطرناک درندوں اور زہریلے کیڑے مکوڑوں کی بھی بہتات تھی، اس لیے تنہا وہاں جانا موت کو دعوت دینے کے مترادف تھا۔

جب میری رخصت ختم ہونے میں دو دن باقی تھے تو ایک عجیب و غریب واقعہ پیش آیا۔ مجھے یہ اقرار کرنے میں کوئی عار نہیں کہ اگر وہ واقعہ رونما نہ ہوتا، تو شاید مجھے تلگار تھی کے آخری آدم خور سے دو دو ہاتھ کیے بغیر واپس لوٹنا پڑتا۔

میں گاؤں سے باہر برگد تلے نمبردار کے ساتھ باتوں میں مصروف تھا کہ اُس نے میری توجہ پہاڑوں کی طرف مبذول کرائی۔ دور پہاڑوں کے دامن میں گرد کا بادل سا اڑتا نظر آرہا تھا جو آہستہ آہستہ قریب ہوتا گیا۔ مزید قریب آنے پر ہمیں ایک گھوڑے کا ہیولا نظر آیا۔

جب وہ قریب آیا، تو میں اٹھ کھڑا ہوا۔ گھوڑے تو میں نے کئی دیکھے تھے مگر اس کی تو بات ہی کچھ اور تھی۔ وہ اس قدر شاندار جانور تھا کہ صاحبِ ذوق شاعر اس پر پورا دیوان تحریر کر سکتا تھا۔ گھوڑے کی پشت پر ایک شخص اوندھا پڑا تھا۔ اس کی پشت اور ٹانگوں پر جابجا گہری خراشیں تھیں جن سے خون رس رہا تھا۔

میں نے نمبردار کی مدد سے زخمی کو گھوڑے کی پیٹھ سے اتارا اور چارپائی پر لٹا دیا۔ تھوڑی ہی دیر بعد نمبردار گاؤں کے حکیم کو بلا لایا جس نے زخمی کے زخم صاف کر کے ان پر مختلف جڑی بوٹیوں کا لیپ لگایا اور پٹی کر دی۔

اجنبی کے زخم دیکھ کر میں نے اندازہ لگایا کہ اس کی کسی چیتے کے ساتھ مڈبھیڑ ہوئی ہے۔ پہاڑوں میں چونکہ چیتوں کی بہتات تھی اس لیے مجھے اس کی حالت دیکھ کر حیرانی نہیں ہوئی البتہ مجھے یقین ہو گیا کہ ان پہاڑوں میں مردم آزار چیتوں کا وجود ابھی تمام نہیں ہوا۔ یہ بھی بعید نہ تھا کہ گھڑسوار پر اسی چیتے نے حملہ کیا ہو جو میرے ہاتھوں زخمی ہو کر بھاگ نکلا تھا۔

زخمی تاحال بے ہوش تھا۔ حکیم کے مطابق اس کی وجہ بکثرت خون بہہ جانا تھی اور

چند گھنٹوں بعد اسے ہوش آجانا تھا۔ اجنبی سے فارغ ہو کر میں اس کے گھوڑے کی طرف متوجہ ہوا۔ گاؤں والے بھی اس کا بڑے انہماک سے جائزہ لے رہے تھے۔ گھوڑا درخت کے نیچے باندھ دیا گیا تھا مگر وہ بار بار گردن موڑ کر اپنے مالک کی طرف دیکھتا تھا۔ یقیناً وہ سدھایا ہوا اور اپنے مالک کا انتہائی وفادار تھا۔

اجنبی کے قبضے سے دو ایسی اشیا بر آمد ہوئیں جنہوں نے مجھے اس کی طرف سے شک وشبے کا شکار کر دیا۔ ایک تو اس کے پہلو سے جھولتی تلوار جس کے دستے پر شیر کا سر کندہ تھا۔ دوسرے ایک چرمی تھیلی جس میں بیش قیمت لعل وجواہر بھرے تھے۔

میں نے فوراً تھانے سے تین سپاہی بلا بھیجے۔ مجھے شک تھا کہ وہ زخمی گھڑ سوار کوئی واردات کر کے آرہا ہے اور ہیرے لوٹ کا مال تھا۔ میں نے سپاہیوں کو زخمی کی نگرانی پر مامور کر دیا۔ میں پھر گھوڑے کی طرف متوجہ ہوا۔ میرے قریب جانے پر اس نے منہ اٹھایا اور زور سے ہنہنایا۔ میں نے اسے چمکارا، قریب جا کر اس کی پیٹھ تھپکی اور اس کی لگام کھونٹے سے کھول کر تھام لی۔ گھوڑے نے ایک جھٹکے سے لگام میرے ہاتھ سے چھڑائی اور پھریری لے کر زخمی کی طرف بڑھ گیا۔ یہ دیکھ کر چارپائی کے گرد کھڑے لوگ ایک طرف ہٹ گئے۔

گھوڑا اپنے مالک کو سونگھنے لگا۔ اس کی طرف سے کوئی حرکت نہ ہونے پر وفادار حیوان کے حلق سے کرب ناک آوازیں نکلنے لگیں۔ وہ بار بار پچھلے سُم زمین پر مار کر بے چینی کا اظہار کرنے لگا۔ گاؤں والوں کے لیے اس کی یہ حرکتیں بے معنی تھیں لیکن شکاری ہونے کے ناتے میں سمجھ گیا کہ گھوڑا کسی مخصوص مقام پر جانے کا اشارہ کر رہا ہے۔

میں نے فوراً اپنا ساز و سامان تیار کیا، تلوار اور ہیروں کی تھیلی اردلی کی تحویل میں دی اور زخمی کا دھیان رکھنے کی تاکید کر کے اجنبی کے گھوڑے پر سوار ہو گیا۔ خلافِ توقع اس

نے کسی قسم کی مزاحمت نہ کی۔ جیسے ہی میں نے اس کی لگامیں ڈھیلی چھوڑیں، وہ سبک رفتاری سے تلگار تھی کی پہاڑیوں کی جانب رواں دواں ہو گیا۔ چرنے اور پانی پینے کے بعد وہ تازہ دم ہو چکا تھا، اس لیے طوفانی رفتار سے زمین کو کچلتا آگے بڑھنے لگا۔

دوپہر کے وقت میں میدانی علاقہ پار کر کے ایک ایسی جگہ پہنچا جہاں وقفے وقفے سے چھوٹی بڑی چٹانیں راہ میں حائل ہونے لگیں۔ اب گھوڑے کی رفتار سے بھی تھکن جھلکنے لگی تھی۔ میں نے اسے تھوڑی دیر ستانے کا موقع دینے کی غرض سے لگامیں کھینچیں لیکن وہ نہیں رکا اور آگے بڑھتا رہا۔ میں سمجھ گیا کہ وہ تھکن اور پیاس کے باوجود جلد از جلد کسی خاص جگہ پہنچنے کی کوشش کر رہا ہے۔ پگڈنڈی نما راستے پر دوڑتے ہوئے اچانک گھوڑا ایک چٹان کے قریب خود بخود آہستہ ہو گیا۔

اس کے کان یوں متحرک ہو گئے، جیسے وہ کوئی آواز سننے کی کوشش کر رہا ہے۔ چٹان سے ایک راستہ بائیں جانب جاتا تھا، گھوڑا اسی پر گھوم گیا۔ آگے نشیبی علاقہ تھا۔ کچھ فاصلہ طے کرنے کے بعد وہ ایک جگہ رک گیا۔

سنگلاخ چٹانوں میں گھری ہوئی ایک چھوٹی سی سرسبز و شاداب وادی میرے سامنے تھی۔ تیس چالیس گز کے فاصلے پر پانی بلندی سے جھرنے کی صورت گر رہا تھا اور وہاں پیالے کی شکل کا تالاب بن گیا تھا۔ میں گھوڑے سے اتر آیا۔ وہ منظر اس قدر دلفریب تھا کہ میں پل بھر کے لیے مبہوت رہ گیا۔ درختوں پر بندر بڑی تعداد میں اودھم مچاتے پھر رہے تھے۔ ان کے چہرے سیاہ اور دمیں لمبی لمبی تھیں۔ تالاب میں خوش رنگ پرندے نہا رہے تھے۔ تالاب سے ذرا فاصلے پر قطار میں تین غار تھے، ان میں سے ایک کے دہانے پہنچ کر گھوڑا اپنے اگلے سم زور زور سے چٹانوں پر مارنے لگا۔ میں غور سے اس کا مشاہدہ کر ہی رہا تھا کہ دہانے پر ایک انسانی ہیولا نمودار ہوا۔ میں اپنی جگہ ہکا بکا کھڑا رہ گیا، وہ ایک

سرو قد لڑکی تھی، نہایت پاکیزہ تاثرات والے چہرے کی مالک لڑکی۔ سب سے پہلے اس کی نظر گھوڑے پر پڑی، پھر اس کی متلاشی نگاہوں نے تالاب کا طواف کیا اور بالآخر مجھ پر آ کر ٹھہر گئیں۔ ایک انگریز کو اپنی جانب متوجہ پا کر اس کا رنگ فق ہو گیا۔ اگلے ہی لمحے وہ غار میں جا گھسی۔ جب دوبارہ باہر نکلی، تو اس کے ہاتھ میں خنجر چمک رہا تھا۔

میں نے رائفل کندھے سے لٹکائی اور دونوں ہاتھ اٹھا کر اس کی طرف بڑھنے لگا۔

"رک جاؤ ورنہ میں اپنے آپ کو ختم کر لوں گی؟" وہ ہذیانی انداز میں چیخی۔

"میں تمہیں کوئی نقصان نہیں پہنچانا چاہتا۔" میں نے نرم لہجے میں کہا۔ وہ لمحہ بھر کے لیے ٹھٹکی، شاید ایک انگریز کی زبان سے مقامی بولی سن کر اسے حیرت کا دھچکا لگا تھا۔

"خدا کے لیے خنجر پھینک دو، میں تمہاری مدد کرنا چاہتا ہوں۔"

"تم نے اکبر سلطان کے ساتھ کیا سلوک کیا ہے؟" وہ بپھری ہوئی شیرنی کے مانند گرجی۔ "تم یقیناً مجھے گرفتار کرنے آئے ہو۔"

"میں شکاری ہوں۔" میں نے رائفل اتار کر دور پھینکتے ہوئے کہا "اکبر سلطان میرے گاؤں میں ہے، تم خود دیکھ لو، اس کا گھوڑا ہی مجھے یہاں لایا ہے۔"

میرے یہ الفاظ اس پر اثر کر گئے۔ اس نے پھٹی پھٹی نگاہوں سے پہلے مجھے اور پھر گھوڑے کو دیکھا۔ اگلے ہی لمحے اس کے حلق سے ایک دلدوز چیخ نکل کر پہاڑوں میں گونجتی چلی گئی۔ عین اسی لمحے گھوڑا اپنی پچھلی ٹانگوں پر کھڑے ہو کر زور سے ہنہنایا۔ اس سے قبل کہ میں صورتحال کا درست اندازہ لگا پاتا، عقب سے چیتے کی غصیلی غراہٹ ابھری اور میں قطعی غیر ارادی طور پر پلٹ گیا۔ افسوس اس وقت تک چیتا عقبی چٹان سے میری جانب جست لگا چکا تھا۔ اس کی انگارہ آنکھیں، کھلے پنجے اور خونخوار دہانہ لمحہ بہ لمحہ میرے قریب آ رہے تھے۔ میں نے اپنے اوسان بحال رکھنے کی سر توڑ کوشش کی اور

زمین پر پڑی رائفل کی طرف جست لگا دی۔

چیتے کا جسم اتنی قوت سے میرے بدن کے ساتھ ٹکرایا کہ میں رائفل تک پہنچنے سے قبل ہی اس کے وجود تلے دب کر کھردری زمین سے جا ٹکرایا۔ آنِ واحد میں درندہ مجھ سے لپٹ گیا۔ چیتے سے مڈبھیڑ ہونے کا یہ میرا پہلا موقع نہیں تھا، میں جانتا تھا کہ حواس قابو میں رکھ کر میں خود کو درندے کی گرفت سے آزاد کرا سکتا ہوں۔ چیتا میرا داہنا شانہ جبڑوں سے بھنبھوڑنے لگا۔ اس نے میری دونوں رانیں مضبوطی سے اپنے پچھلے پنجوں میں جکڑ رکھی تھیں۔ میں نے دونوں پیر پوری قوت سے اٹھائے اور ان کے زور سے چیتے کا وزن ایک طرف ڈالنا چاہا۔

عین اسی لمحے فضا رائفل کے دھماکے سے گونج اٹھی اور گرم گرم خون کا فوارہ میرے چہرے پر پڑا۔ چیتے کے پیٹ کے چیتھڑے اڑ چکے تھے۔ میں نے فوراً دونوں پاؤں سمیٹے اور زخمی چیتے کو پوری قوت سے ایک طرف اچھال دیا۔ اسی لمحے رائفل دوسری مرتبہ گرجی اور چیتے کا سر پاش پاش کر گئی۔

میں نے زخموں سے چور اپنا وجود سمیٹا اور چٹان کے ایک ابھرے ہوئے کونے کا سہارا لے کر اٹھ کھڑا ہوا۔ لڑکی ہاتھ میں رائفل تھامے کسی فاتح جرنیل کے مانند کھڑی تھی۔ میں بائیں ہاتھ سے اپنا زخمی شانہ دبائے زمین پر ڈھیر ہو گیا۔ ساتھ ہی مجھے بے اختیار ابکائی آئی اور میں حواس سے بیگانہ ہوتا چلا گیا۔

**

ہوش آنے پر میں نے خود کو پیال پر پڑے پایا۔ میرا زخم صاف کر کے پٹی کر دی گئی تھی۔ سرہانے وہی لڑکی متفکر انداز میں بیٹھی تھی۔ جیسے ہی میں نے آنکھیں کھولیں اس نے ایک برتن میرے منہ سے لگا کر نہایت شیریں سیال انڈیل دیا۔ کچھ دیر بعد مجھے اپنے

اندر توانائی آتی محسوس ہوئی۔ لڑکی نے دو مرتبہ مجھے وہ سیال پلایا۔

"اب بتاؤ اکبر سلطان کہاں ہے؟" جب میں اپنے حواسوں میں آیا تو اس نے مجھے سہارا دے کر بٹھاتے ہوئے پوچھا۔

"وہ خیریت سے ہے۔" میں نے تکلیف بھری سسکاری کے ساتھ جواب دیا۔

"لیکن تم کون ہو اور ان خطرناک پہاڑوں میں کیا کر رہی ہو؟"

"کبھی ہم محلات میں رہا کرتے تھے۔" اس نے یاس بھرے لہجے میں جواب دیا۔ "مگر تمہاری حکومت نے ہمیں گھر سے بے گھر کر دیا۔ ہمیں ڈر ہے کہ اگر ہم کھلے بندوں رہنے لگے، تو انگریز سرکار ہمیں گرفتار کر کے موت کے گھاٹ اتار دے گی۔"

میں حیرت سے اس کا منہ تکتا رہ گیا۔ میرے تصور میں اکبر سلطان سے برآمد ہونے والی شاہی مہر والی تلوار اور جواہرات گھوم گئے۔ مجھے یقین ہو گیا کہ ان دونوں کا تعلق میسور کے دلیر مسلمان حکمران، ٹیپو سلطان کے خاندان سے تھا۔ میں نے سنا تھا کہ ۱۷۹۹ئ میں جب انگریزوں نے سرنگاپٹم پر قبضہ کیا، تو سلطان ٹیپو کے خاندان کو حراست میں لے لیا گیا۔ تاہم کچھ افراد ہاتھ نہ آئے اور اب وہ روپوشی کی زندگی گزار رہے تھے۔ یہ تو میرے وہم و گمان میں بھی نہ تھا کہ کوئی جوڑا یوں چیتوں کے درمیان بھی زندگی بسر کر رہا ہو گا۔

شاید یہ ان کے رگوں میں دوڑنے والے شاہی خون کی تاثیر تھی کہ انھوں نے ایسے کٹھن مقام پر سکونت اختیار کر لی۔ بعد ازاں لڑکی نے مجھے بتایا کہ وہ اپنے شوہر، اکبر سلطان کے ہمراہ کئی برس سے تلگار تھی کی پہاڑیوں میں رہ رہی ہے۔ خوراک کی ضرورت وہ جنگلی پھلوں اور شکار کے ذریعے پوری کر لیتے۔ جب کسی اور شے کی ضرورت ہوتی تو اکبر سلطان قیمتی پتھر سموگا کے ایک شناسا جوہری کے ہاتھ فروخت کر آتا۔ گزشتہ روز

بھی وہ اسی غرض سے روانہ ہوا تھا کہ اس کا سامنا چیتے سے ہو گیا۔ یہ وہی چیتا تھا جس کا میں پیچھا کر رہا تھا۔ یہ جان کر مجھے از حد خوشی ہوئی کہ تلگار تھی کا آخری آدم خور جہنم واصل ہو چکا ہے۔

میرے بہتیرے اصرار پر بھی لڑکی میرے ساتھ گاؤں جانے پر تیار نہ ہوئی بلکہ اس نے مجھ سے وعدہ لیا کہ میں اس کے بارے میں کسی کو کچھ نہیں بتاؤں گا اور اکبر سلطان کے زخم مندمل ہوتے ہی اسے واپس بھیج دوں گا۔

جب میں گاؤں واپس پہنچا تو اکبر سلطان کو ہوش آ چکا تھا۔ میں نے اسے تنہائی میں ساری داستان سنائی اور اسے یقین دلایا کہ اگر وہ مجھے اپنے بارے میں سچ سچ بتا دے، تو میں اس کی مدد کروں گا۔ ٹھیک ایک ماہ بعد میری خصوصی سفارش اور گواہی تاجِ برطانیہ نے ان دونوں کو رسمی کارروائی کے بعد نہ صرف معاف کر دیا بلکہ وظیفہ مقرر کر کے دہلی میں ان کی رہائش کا انتظام بھی کیا۔ اس واقعے کو کئی برس گزر چکے ہیں مگر آج بھی میرے پاس محفوظ ٹیپو سلطان کی شاہی مہر والی تلوار مجھے اس کی یاد دلاتی رہتی ہے۔

***

ڈھلوانہ کی ڈائن

کئی لوگ مجھ سے دریافت کرتے ہیں کہ اپنی چالیس سالہ شکاری زندگی میں جو ہندوستان کے مختلف جنگلوں میں گزری، کیا میں نے کہیں کوئی بھوت بھی دیکھا؟ میں یہی جواب دیتا کہ بھوت پریت محض انسان کے تخیل کی پیداوار ہیں اور ان کا حقیقت سے دور کا بھی واسطہ نہیں۔ تاہم میری شکاری زندگی میں کچھ ایسے واقعات ہیں جن میں میرا بھوتوں سے 'آمنا سامنا، ہوتے ہوتے رہ گیا۔ آج ایک ایسا ہی واقعہ نذرِ قارئین ہے۔ میں جس زمانے کا ذکر کر رہا ہوں تب ہندوستان میں جنگل زیادہ اور انسانی آبادیاں خال خال ہوا کرتی تھیں۔ کئی دیہات جنگلوں کے بیچ واقع تھے اور ان کے مابین بھی فاصلہ خاصا زیادہ تھا۔ بجلی کی سہولت نہ ہونے کے باعث گزر گاہیں سر شام ہی ویران ہو جایا کرتیں۔ ایسے میں اگر کوئی درندہ آدم خور ہو جاتا تو اسے زیر کرنا بڑا دِقت طلب کام ہوتا۔ اسی وجہ سے آدم خور کی وارداتوں کو کسی مافوق الفطرت قوت سے منسوب کر کے توہم پرست لوگ اکثر طرح طرح کے قصے گھڑ لیتے۔

یہ قصے جہاں مقامی باشندوں میں خوف وہراس پھیلانے کا سبب بنتے وہیں شکاری کے کام میں بھی رکاوٹ ڈالتے۔ یہ حقیقت ہے کہ مقامی باشندوں کا تعاون حامل نہ ہو، تو ماہر سے ماہر شکاری بھی کسی جنگل میں اپنی مہم بخوبی سر انجام نہیں دے سکتا۔ اگر ان لوگوں کے دلوں پر چڑیل یا بھوت پریت کی ہیبت مسلط ہو جاتی تو اول وہ تعاون پر آمادہ ہی نہیں ہوتے تھے اور اگر ہو بھی جاتے تو ان کی اوٹ پٹانگ حرکتیں شکاری کی توجہ منتشر

کرنے کے علاوہ کچھ فائدہ نہ پہنچاتیں۔

میں اپنی شکاری زندگی کا ایک ایسا عجیب و غریب واقعہ رقم کر رہا ہوں جس کا آغاز موضع گلوانہ میں میرے تبادلے سے ہوا۔ میں نے تھانے کا انتظام سنبھالا تو معلوم ہوا کہ ایسی درخواستوں سے ایک فائل بھری پڑی ہے جن کے سلسلے میں میرے پیش رونے کوئی احکامات جاری نہیں کیے تھے۔ میں نے فائل کھولی تو اس میں کچھ انگریزی اور باقی مقامی زبان میں تحریر شدہ درخواستیں نظر آئیں۔ ان سب کا تعلق موضع کے مختلف دیہات سے تھا جن میں گزشتہ چھ ماہ کے دوران لاپتا ہونے والے افراد کی بابت نامکمل اندراجات تھے۔

عملے سے پوچھنے پر معلوم ہوا کہ گلوانہ سے بیس میل دور ایک قصبہ، پھلدار آباد ہے۔ اس کے ارد گرد چھوٹی موٹی آبادیاں پھیلی ہوئی تھیں۔ ان آبادیوں کے درمیان واقع گھنے جنگلوں کے وسیع و عریض قطعے انہیں ایک دوسرے سے جدا کرتے۔ یہ جنگل کسی زمانے میں چیتوں اور شیروں کی بہتات کے باعث بہترین شکار گاہ تصور کیے جاتے تھے۔

ان جنگلوں کے درمیان سے ایک گزر گاہ گزرتی تھی جس پر ایک پرانا مندر واقع تھا۔ اس کے کھنڈر شاید آج بھی وہاں موجود ہوں۔ اس مندر کے بارے میں مشہور تھا کہ وہ آسیب زدہ ہے۔ دن کے اجالے میں تو قافلے اس گزر گاہ کو استعمال کر لیتے مگر شام کے سائے گہرے ہوتے ہی وہ علاقہ ویران اور سنسان ہو جاتا۔

فائل کی درخواستوں کے مطابق گزشتہ چھ ماہ کے دوران اس گزر گاہ کے آس پاس واقع دیہات سے بیس افراد لاپتا ہو چکے تھے۔ بیشتر کا تعلق پھلدار سے تھا۔ تھانے کے عملے نے بتایا کہ چونکہ وہ علاقہ آسیب زدہ ہے، اس لیے تمام وارداتوں کو بھوتوں اور چڑیلوں

کے کھاتے میں ڈال دیا گیا۔ میرے دستِ راست راجو نے خیال ظاہر کیا کہ ان وارداتوں کی پشت پر کوئی شیر یا چیتا ہے۔ میرا بھی یہی خیال تھا۔ میں نے اپنے شک کی تصدیق کی خاطر اس تھانے کا تمام ریکارڈ چھان مارا۔ کسی آدم خور کی ہلاکت کے سلسلے میں پولیس کے ریکارڈ بڑی معاونت کرتے ہیں۔ روزنامچہ اگر درست لکھا گیا ہو، تو رپورٹ میں واردات کی تفصیل جزئیات کے ساتھ درج ہوتی ہے۔ شکاری اگر ذرا بھی توجہ سے کام لیتا تو اسے آدم خور کے بارے میں تفصیل باآسانی معلوم ہو جاتی۔

صد افسوس کہ تھانے کے رجسٹر میں آٹھ ماہ کی چند وارداتوں کا ذکر تھا جو شاید ایک آدم خور نے کی تھیں مگر انھیں بڑی خوبصورتی سے کسی مافوق الفطرت قوت کے کھاتے میں ڈال کر داخل دفتر کر دیا گیا۔ بعد ازاں میں نے اس سلسلے میں گلوانہ کے نمبردار سے رجوع کیا مگر کوئی قابلِ ذکر بات معلوم نہ ہو سکی۔ بالآخر میں نے راجو کے ہمراہ متاثرہ علاقوں کے دورے کا منصوبہ ترتیب دیا اور اپنے افسرِ اعلیٰ کو بھیج دیا۔ خلاف توقع تین روز بعد مجھے سرکار کی جانب سے وہاں جانے کا اجازت نامہ مل گیا۔

ابھی موسم گرما کی بارشوں کا آغاز نہیں ہوا تھا۔ ندی نالے جن کی اس علاقے میں کثرت تھی، خشک پڑے تھے۔ میں پہلی بارش سے قبل پہنچنا چاہتا تھا لہٰذا سرکاری جیپ کا استعمال مناسب سمجھا۔ راجو کے علاوہ دو اردلی بھی میرے ساتھ تھے۔

دوپہر کے وقت ہم پھلدار پہنچ گئے۔ یہ دیکھ کر مجھے حیرت ہوئی کہ اجالے میں بھی گاؤں سنسان پڑا تھا۔ گھروں کے دروازے بند تھے اور گلیوں میں اِکا دُکا مویشی اور بچے مٹر گشت کر رہے تھے۔ ہماری آمد کی اطلاع ملتے ہی گاؤں کا نمبردار ہمارے استقبال کے لیے چلا آیا۔ اپنے مہمان خانے لے جا کر اس نے ہماری خوب خاطر تواضع کی۔ جب میں نے اسے اپنی آمد کا مقصد بتایا، تو وہ کچھ سراسیمہ نظر آنے لگا۔ میرے استفسار پر اس نے بتایا:

"صاحب! میں جانتا ہوں کہ آپ ایک ماہر شکاری ہیں مگر آپ اسے نہیں مار سکیں گے۔" وہ دہشت زدہ آواز میں گویا ہوا۔ "آپ یہی سمجھ رہے ہیں کہ ان وارداتوں کے پیچھے کسی درندے کا ہاتھ ہے مگر میں نے گزر گاہ پر خود اپنی آنکھوں سے ایک چڑیل کو کھڑے دیکھا ہے۔"

"کیا مطلب ہے پٹیل صاحب۔" میں نے راجو کے چہرے پر خوف کی منڈلاتی پرچھائیں دیکھ کر پوچھا۔

"صاحب! میں سچ کہہ رہا ہوں۔" وہ بدستور اسی لہجے میں بولا "یقین نہ آئے تو آپ خود چل کر دیکھ لیجئے۔ چند روز قبل ہی ایک عورت لکڑیاں چننے وہاں گئی تھی مگر لوٹ کر نہیں آئی۔"

"کیا؟" میں نے اپنی نشست سے اچھل کر کہا۔ "تم نے اس گمشدگی کی رپورٹ تھانے میں کیوں درج نہیں کرائی؟"

"کوئی فائدہ نہیں صاحب۔" وہ تاسف سے بھرپور لہجے میں بولا "سرکار کچھ نہیں کر سکتی۔"

میں نے اسی وقت راجو کے ہمراہ مندر والی گزر گاہ کا معاینہ کرنے کا فیصلہ کر لیا۔ نمبر دار کے روکنے کے باوجود ہم نے جیپ سے فالتو سامان اتروایا، اسے اردلیوں کی نگرانی میں چھوڑا اور جیپ مندر تک جانے والے راستے پر دوڑا دی۔ ایک گھنٹے کی کٹھن مسافت کے بعد ہم گزر گاہ کے وسط میں پہنچے، تو میں نے گاڑی روک لی۔ آگے بڑھنے سے قبل میں علاقے کا اچھی طرح معائنہ کرنا چاہتا تھا۔ راجو بھی میرے ساتھ ہی جیپ سے اتر آیا۔ اس سے قبل میں نے رائفل کی دونوں نالیں بغور دیکھیں اور کارتوس لگا دیے۔ راجو کے پاس میری آزمودہ تین سو پچھتر میگنم جبکہ میرے پاس چار سو پچاس ایکسپریس تھی۔

گزرگاہ کا بغور معاینہ کرنے کے بعد میں کچھ پریشان ہو گیا۔ وہاں کچی زمین پر ایک مادہ شیرنی کے پنجوں کے نشان بکثرت تھے مگر جس بات پر میں ششدر رہ گیا وہ انسانی قدموں کی موجودگی تھی۔ ان نشانات کی خاص بات یہ تھی کہ دایاں پاؤں الٹا تھا۔ یہ دیکھ کر راجو کے چہرے پر ہوائیاں اڑنے لگیں۔ میری اپنی حالت غیر ہونے لگی۔ انسانی قدموں کے وہ نشان جنگل کے اندر تک جا رہے تھے۔ الٹے قدموں والے ان نشانات کی کوئی توجیہہ میرے ذہن میں نہ آسکی۔

اس وقت سہ پہر ڈھل رہی تھی اور شام ہونے میں زیادہ دیر نہ تھی۔

"کیا خیال ہے راجو۔" میں نے اس کی آنکھوں میں جھانکتے ہوئے کہا "ان نشانات کا تعاقب کریں؟"

" صاحب رات ہونے والی ہے۔" راجو نے کانپتی ہوئی آواز میں کہا "پھر مجھے یقین ہے کہ یہ نشانات پچھل پیری کے ہی ہیں۔"

پچھل پیری کی اصطلاح عام طور پر چڑیل کے لیے استعمال ہوتی ہے کیونکہ عام خیال یہی ہے کہ چڑیل کا داہنا پاؤں الٹا ہوتا ہے۔ راجو نے جس قسم کے ماحول میں آنکھ کھولی تھی، وہاں بھوت پریت اور چڑیلوں کے تذکرے روزمرہ کا معمول تھے لہٰذا وہ پراسرار نشانات دیکھ کر اس کا خوفزدہ ہونا فطری تھا۔

"دیکھو راجو، تم نے اب تک میرے ساتھ درجن بھر درندے شکار کر ڈالے ہیں۔" میں نے اسے قائل کرنے کی کوشش کرتے ہوئے کہا۔ "ان میں سے اکثر کو بھوت پریت کا شاخسانہ قرار دیا گیا مگر جب ہم نے معاملے کا کھوج لگایا، تو وہ مقامی باشندوں کے ذہن کی پیداوار ثابت ہوئے۔"

"مگر یہ نشانات؟" راجو نے خوف میں ڈوبی ہوئی آواز میں جواب دیا۔

"مجھے یقین ہے ہم اس اسرار سے پردہ اٹھانے میں کامیاب ہو جائیں گے مگر اس کے لیے ضروری ہے کہ ان نشانات کا تعاقب کیا جائے۔"

اس نے میری بات کا جواب نہیں دیا اور ہراساں انداز میں کبھی راہ گزر کو دیکھتا تو کبھی اس کی نگاہیں جنگل کی طرف اٹھ جاتیں۔ اس سے قبل کہ میں مزید کچھ کہتا، ہوا کے دوش پر ایک ایسی آواز ابھری جسے سن کر راجو کا ہی نہیں میرا بھی رنگ فق ہو گیا۔ آواز جنگل کی طرف سے سنائی دی تھی۔

"راجو یہ آواز!" میں نے مرتعش لہجے میں یوں کہا جیسے مجھے اپنی سماعت پر شبہ ہو۔

"یہ تو کسی بچے کے رونے کی آواز ہے صاحب۔" راجو نے سرسراتی ہوئی آواز میں جواب دیا۔

سرِ شام، گھنے جنگل کے سناٹے میں گونجنے والی وہ آواز کسی بھی ذی ہوش کے حواس گم کر دینے کے لیے کافی تھی مگر ہمارا معاملہ مختلف تھا۔ ہماری زندگی کے بیشتر شب و روز گھنے جنگلوں میں خونخوار درندوں سے نبرد آزمائی کرتے ہوئے بسر ہوئے تھے، اسی لیے ہمارے حواس خطا نہ ہوئے۔ ہم فوراً جیپ میں سوار ہو گئے اور اس طرف چل پڑے جہاں سے آواز آئی تھی۔

کچھ لمحوں بعد رونے کی آواز موقوف ہو گئی مگر ہم محتاط انداز میں رائفلیں تھامے اور آس پاس نظریں دوڑاتے جنگل میں داخل ہو گئے۔ اونچے اونچے درختوں اور گنی جھاڑیوں کے درمیان بل کھاتی گزرگاہ پر ایک شیرنی کے پنجوں کے نشانات کے ساتھ ساتھ انسانی قدموں کے وہ عجیب و غریب نشانات بھی نظر آئے جو ہم پہلے دیکھ چکے تھے۔ حیرت انگیز امر یہ ہے کہ درندے اور انسانی قدموں کے نشان زیادہ پرانے نہ تھے۔ عجیب الخلقت قدموں کے نشانات اپنی جگہ مگر شیرنی کے پنجوں کے نشانی دیکھ کر مجھے یقین

ہو گیا کہ پھلدار اور گردونواح میں ہونے والی گمشدگیوں کی پشت پر ایک آدم خور شیرنی کا ہی ہاتھ ہے۔ ہمارا رخ اس جانب تھا جہاں ہمیں بتایا گیا تھا کہ متروک مندر کے کھنڈر واقع ہیں۔ پنجوں کے نشانات کا رخ بھی اسی طرف تھا۔

ایک ٹیلے کے قریب گزر گاہ دو حصوں میں منقسم ہو گئی۔ ایک راستہ دائیں جانب، سیدھ میں چلا گیا دوسرا ٹیلے کے اوپر سے چکر کاٹ کر جنگل کے گھنے حصے میں داخل ہو رہا تھا۔ ہم نے سیدھا چلنے کا فیصلہ کیا کیونکہ زمین پر موجود نشانات بھی اسی طرف جا رہے تھے۔

تاریکی کے باعث زمین کا باریک بینی سے معاینہ ممکن نہ تھا۔ پھر بھی ہم آگے بڑھتے گئے۔ بڑھتے اندھیرے کے باعث نشانات بار بار کھو جاتے اور ہمیں رک کر دوبارہ سلسلہ ملانا پڑتا۔ خطرے سے مقابلے کے دباؤ اور نقوشِ پا کی جستجو میں ہم سمت کا خیال نہ رکھ سکے۔ وہ نشانات ایک ایسی جگہ پہنچ کر اپنا وجود کھو بیٹھے جہاں گزر گاہ کے دونوں کناروں پر برگد اور پیپل کے درخت شاخیں لٹکائے جھوم رہے تھے۔ درختوں کی شاخوں سے گزر گاہ کے کناروں پر لپٹی اگی بیلیں ہر لحظہ بڑھتی تاریکی میں خاصا ڈراؤنا منظر پیش کر رہی تھیں۔

مجھے اس امر پر حیرت تھی کہ اس بچے کے رونے کی آواز دوبارہ ہماری سماعت سے نہیں ٹکرائی تھی اب میں نے رائفل کی نال پر لگی ٹارچ روشن کر لی۔ روشنی میں نظر آیا کہ قدموں کے نشانات جنگل میں داخل ہو کر نظروں سے اوجھل ہو رہے ہیں۔ ہم پھر ان کے پیچھے پیچھے چل پڑے۔ آخر تھوڑی دور آگے جا کر ویران مندر کے کھنڈر ہمارے سامنے آ گئے۔

ابھی ہم مندر کا سیاہ ہیولا دیکھ ہی رہے تھے کہ اچانک دو مختلف آوازیں سن کر

ہمارے کان کھڑے ہو گئے اور رائفلیں بے اختیار کندھوں سے آ لگیں۔ پہلی آواز گھوڑے کی ہنہناہٹ کی تھی جس کے فوراً بعد بچے کے رونے کی آواز دوبارہ فضا کو مرتعش کر گئی۔ دونوں آوازیں مندر کے اندر سے ابھری تھیں۔

میں نے راجو کو اشارہ کیا اور ہم دونوں ایک دوسرے کی پیٹھ سے پیٹھ جوڑے اطراف کا بغور جائزہ لیتے مندر کی طرف بڑھنے لگے۔ اب راجو نے بھی اپنی ٹارچ روشن کر لی۔ بچے کے رونے کی آواز تسلسل کے ساتھ ابھر رہی تھی۔ جیسے ہی ہم مندر کے احاطے میں داخل ہوئے ہمیں حیرت کا شدید جھٹکا لگا. احاطے کے اندر ایک بت ایستادہ تھا جس کے قدموں میں ایک بچہ ہاتھ پاؤں مارتا ہوا بلک بلک کر رو رہا تھا۔ اس سے کچھ فاصلے پر ایک اعلیٰ نسل کا گھوڑا بے چینی سے زمین پر کھُر مارتا دکھائی دیا۔ ہم دونوں شدید حیرانی کے عالم میں کبھی بچے پر ٹارچ کی روشنی پھینکتے تو کبھی گھوڑے پر جو ہماری آمد کے باعث مزید بے چین ہو گیا تھا۔ آس پاس کسی اور ذی روح کا نام و نشان تک نہ تھا۔ میں اس ویرانے میں معصوم بچے اور سازو سامان سے آراستہ گھوڑے کی موجودگی کا کوئی جواز تلاش نہ کر سکا۔ "وہ دیکھیے صاحب۔" دفعتاً راجو نے ٹھٹھک کر اپنی ٹارچ کی روشنی بچے سے کچھ فاصلے پر ڈالی اور میں بھی ٹھٹھکے بغیر نہ رہ سکا۔ زمین پر خون کے دھبوں کے ساتھ کسی کے گھسیٹے جانے کے واضح نشانات نظر آ رہے تھے۔ مندر کے احاطے کی دیوار ایک طرف سے ٹوٹی ہوئی تھی، وہ نشانات اسی طرف جا کر جنگل میں غائب ہو رہے تھے۔ ہمارا بڑے پر اسرار چکر سے پالا پڑ گیا تھا۔ ابھی ہم اس غیر یقینی صورت حال سے دوچار تھے کہ جنگل کے وسط سے ایک انسانی چیخ گونج کر بکھرتی چلی گئی۔

خوف کے مارے راجو کی گھگھی بندھ گئی۔ چیخ سن کر بچہ بھی زور و شور سے رونے لگا اور مجھے بھی اپنے بدن کے رونگٹے کھڑے ہوتے ہوئے محسوس ہوئے۔ وحشیانہ چیخوں کی

آواز کے ساتھ ہی آس پاس کے درختوں پر لنگور وغیرہ کانوں کے پردے پھاڑ ڈالنے والی چیخیں نکالتے ہوئے اچھل کود کرنے لگے۔ راجو کے چہرے سے تحیر اور فکر مندی ہویدا تھی۔ میری اپنی حالت اس سے کچھ مختلف نہ تھی۔ "میرے خیال میں بچے اور گھوڑے کو پھلدار لے چلتے ہیں۔" میں نے راجو کے کان میں کہا "ان دونوں اور چیخوں کے اسرار سے کل اجالے ہی میں پردہ اٹھ سکتا ہے۔"

راجو نے میری رائے سے اتفاق کیا۔ اس نے آگے بڑھ کر بچہ اٹھایا اور واپس ہو لیا۔ میں گھوڑے کی لگام تھامے محتاط انداز میں ٹارچ کی روشنی میں ادھر ادھر نگاہیں دوڑاتا اس کے پیچھے پیچھے چل دیا۔ گھوڑے نے جب دیکھا کہ ہم نے بچے یا اسے نقصان نہیں پہنچایا تو اس نے کوئی مزاحمت نہ کی۔

پندرہ بیس منٹ بعد ہم اپنی جیپ تک پہنچ گئے۔ گاؤں واپس پہنچے تو نمبر دار بے چینی سے اپنے ساتھیوں کے ساتھ منتظر تھا۔ وہ سب گاؤں کے باہر الاؤ روشن کیے چارپائیوں پر بیٹھے تھے۔ بعض نے کلہاڑیاں اور بلم تھام رکھے تھے۔

ہماری روداد سن کر نمبر دار بھی متحیر ہوئے بغیر نہ رہ سکا۔ میں نے اسے وحشیانہ چیخوں اور الٹے قدموں کے نشانات کے بارے میں جان بوجھ کر نہیں بتایا کہ مبادا اس کی توہم پرستی زور پکڑ لے۔ بچہ اور گھوڑا نمبر دار کے حوالے کرنے کے بعد ہم دونوں کھانا کھا کر سو گئے۔ اگلی صبح ہم ضروری ساز و سامان سے لیس ہو کر جنگل میں جانے کے لیے تیار تھے۔ میں نے بچے اور گھوڑے کے سلسلے میں نمبر دار کو ہدایت کر دی تھی کہ وہ آس پاس کے دیہات میں اپنے آدمی بھیج کر ان کے ورثا کا کھوج لگائے۔

ایک گھنٹے بعد ہم دوبارہ اس مندر میں موجود تھے جہاں گزشتہ شام محیر العقول واقعات پیش آئے تھے۔ دن کے اجالے میں جب ہمیں مندر کے احاطے کا بغور جائزہ

لینے کا موقع ملا، تو ہم پر ایک انکشاف ہوا. گرد آلود فرش پر گھسیٹے جانے اور خونی چھینٹوں کے ساتھ ساتھ شیرنی کے پنجوں کے نشانات بھی بکثرت تھے۔ ان نشانات کے درمیان الٹے قدم والے نشان پا بھی دکھائی دیئے۔ خون کے چھینٹوں کا تعاقب کرتے ہوئے ہم مندر سے نکل کر گھنی جھاڑیوں کے جھنڈ تک پہنچ گئے۔ اس مقام پر درخت اگرچہ زیادہ نہیں تھے لیکن وہ خاصے تناور تھے اور ان کی گنجان شاخیں نیچے تک جھکی ہوئی تھیں۔ ہم ایک ایک جھنڈ کا بغور جائزہ لیتے آہستہ آہستہ آگے بڑھے۔ ہمیں خطرہ تھا کہ کسی بھی لمحے شیرنی ہم پر حملہ کر سکتی ہے۔

دفعتہً بیس پچیس گز دور، جھاڑیوں کے ایک جھنڈ پر بکثرت مکھیاں اڑتی نظر آئیں۔ ذرا اور آگے بڑھے تو ان کی بھنبھناہٹ صاف سنائی دینے لگی۔ لاش خواہ انسان کی ہو یا کسی حیوان کی، اگر تا دیر جنگل میں پڑی رہے تو گوشت خور مکھیاں بکثرت اس پر ٹوٹ پڑتی ہیں۔ لیکن تعجب خیز بات یہ ہے کہ اگر شیر کسی جانور کو ہلاک کرے، تو اس کی موجودگی میں کوئی مردار خور جانور تو درکنار گوشت خور مکھیاں بھی لاش کے قریب نہیں پھٹکتیں۔

عموماً شیر آدھا جانور کھا کر باقی ماندہ جھاڑ جھنکار سے چھپا دیتا ہے جو اس بات کی واضح علامت ہے کہ شیر نے دوبارہ اسے کھانا ہے۔ لیکن اگر شیر کا واپسی کا کوئی ارادہ نہ ہو تو وہ لاش چھپانے کی زحمت نہیں کرتا، یہ ایک طرح سے گدھوں، سیاہ گوشوں اور دوسرے مردار خوروں کے لیے دعوت عام ہوتی ہے۔

جھنڈ پر گوشت خور مکھیاں بکثرت دیکھ کر میں نے یہی اندازہ لگایا کہ شیرنی وہاں موجود نہیں۔ قریب پہنچنے پر ہمیں جھاڑی کے اندر پڑی ایک لاش نظر آگئی لیکن اس کی حالت اس قدر خراب تھی کہ پہلی نظر میں اس پر گوشت اور خون کے ملغوبے کا گمان گزرتا تھا۔ ارد گرد جابجا ہڈیاں اور بال بکھرے ہوئے تھے۔

شیرنی نے جو کسر چھوڑ دی وہ گوشت خور مکھیوں اور دوسرے مردار خوروں نے پوری کر دی تھی۔ ہم نے اطراف کا جائزہ لے کر اطمینان کر لیا کہ وہاں آدم خور موجود نہیں، غالباً وہ گزشتہ رات پیٹ بھر کر جا چکی تھی۔ مجھے اس بات پر دلی تاسف ہوا کہ ہمارے سامنے پڑی ہوئی باقیات کسی عورت کی لاش کی تھیں۔ اس کا فقط ایک پاؤں اور بایاں ہاتھ سلامت رہ گئے تھے۔ مخروطی انگلیوں والے مرمریں ہاتھ دیکھ کر میرے دل پر گھونسا سا لگا۔ جانے کیوں مجھے لگا کہ وہ خاصی خوبصورت عورت ہو گی۔ زرق برق لباس کے چیتھڑے دیکھ کر ہمیں احساس ہوا کہ اس کا تعلق کسی متمول گھرانے سے ہے۔

"مجھے یقین ہے جناب وہ گھوڑا اسی عورت کی ملکیت تھا۔" راجو تاسف بھرے انداز میں بولا۔ "اور شاید وہ بچہ بھی۔"

"مگر شام گئے کوئی عورت اپنے بچے کو لے کر اس قدر پر خطر جنگل میں کیوں آئی؟" میں نے ہنکارا بھر کر جواب دیا۔

"یہ تو اس بد نصیب کا کوئی اتا پتا معلوم ہونے کے بعد ہی معلوم ہو سکتا ہے۔" یہ کہہ کر راجو نے ایک لکڑی سے لاش کو یوں الٹ پلٹ کر دیکھا جیسے اسے کسی شے کی تلاش ہو۔ بالآخر لاش کے نیچے سے سونے کا ایک جڑاؤ تعویذ نکل آیا جس کی پشت پر "کامنی" کندہ تھا۔ میں نے تعویذ رومال میں لپیٹ کر تھیلے میں رکھا اور راجو کے ہمراہ واپس مندر آ گیا۔ آس پاس کا بغور جائزہ لینے کے بعد ہم پر یہ انکشاف ہوا کہ شیرنی نے اپنے بیشتر شکار کھنڈر کے قریب ہی ہڑپ کیے تھے۔ جھاڑیوں میں جا بجا انسانی ہڈیاں اور لباس کے بوسیدہ چیتھڑے بکھرے پڑے تھے۔

"مجھے یقین ہے یہ مندر آدم خور کا مستقل ٹھکانا ہے۔" میں نے رائے دی۔

"لیکن صاحب وہ الٹے پاؤں والے نقوش اور رات کو سنائی دینے والی چیخ؟" راجو

جھر جھری لے کر بولا۔

اگر میں نے وہ چیخ نہ سنی ہوتی یا الٹے قدموں کے نشانات نہ دیکھے ہوتے، تو شاید میں بھی اس بات پر یقین نہ کرتا۔ مجھے خاموش پا کر راجو بولا:

"صاب! یہاں ضرور کوئی ایسا چکر چل رہا ہے جو ہماری سمجھ سے بالاتر ہے۔"

"فی الحال ہم گاؤں واپس چلتے ہیں۔" میں نے جواب دیا۔ "خوراک اور وافر گولیاں لے کر ہم سرِ شام مندر کے قریب کسی مضبوط درخت پر مچان بنائیں گے۔ مجھے یقین ہے اس طرح ہم نہ صرف آدم خور کو کیفر کردار تک پہنچا دیں گے بلکہ چڑیل کے اسرار سے بھی پردہ اٹھ جائے گا۔"

مچان کے لیے ایک تناور درخت کا انتخاب کرنے کے بعد ہم واپس گاؤں پہنچ گئے۔ نمبر دار بے چینی سے ہمارا منتظر تھا۔ اس کے ساتھ ہی ہمیں ایک آدمی کھڑا نظر آیا، معمولی سے لباس میں ملبوس وہ شخص مجھے دیکھتے ہی میرے قدموں میں گر گیا۔ میں نے اسے اٹھایا تو وہ میرے ہاتھوں کو بوسے دینے لگا۔

"ارے یہ کیا کر رہے ہو؟" میں نے بڑی مشکل سے خود کو چھڑاتے ہوئے کہا۔

"جناب! یہ اس بچے کا باپ ہے جسے کل رات آپ جنگل سے نکال کر لائے تھے۔" نمبر دار نے وضاحت کی۔

"تمہارا بچہ کیسے گم ہوا تھا؟" میں نے اسے اپنے ساتھ چارپائی پر بٹھاتے ہوئے کہا۔

"صاحب! کوئی رات کے وقت اسے میری بیوی کے پہلو سے اٹھا کر لے گیا تھا۔" وہ گڑگڑا کر بولا۔

بد قسمتی سے اس آدمی سے کوئی کام کی بات معلوم ہو سکی نہ ہی گھوڑے یا عورت کے بارے میں کچھ پتا چلا۔ اگر نمبر دار اسے وہاں سے نہ بھیجتا تو شاید غریب آدمی ممنونیت

کے مارے وہیں بیٹھا رہتا۔ بچے کے ساتھ ساتھ نمبر دار نے گھوڑے کے مالک کا پتا چلانے کی کوششیں بھی کی تھیں مگر اس کا کوئی سراغ نہ ملا۔ ہم نے اسے عورت کی لاش کا بتایا، تو وہ ششدر رہ گیا۔ ہمارے ساتھ جا کر لاش دیکھنے پر نمبر دار نے بتایا کہ یہ اس عورت کی نہیں جو چند دن پہلے غائب ہوئی تھی۔ شاید شیرنی اسے جنگل کے گھنے حصے میں لے گئی تھی جہاں تک انسانوں کی رسائی مشکل تھی۔

بہر حال ہم نے سہ پہر کو اپنا سازو سامان سنبھالا اور مندر پہنچ گئے۔ راجو نے بڑی احتیاط سے مندر کے احاطے میں واقع درخت پر مچان باندھی اور ہم دونوں اندھیرا پھیلنے سے قبل اس پر براجمان ہو گئے۔ تاریکی پھیلتے ہی ہر طرف موت کا سا سکوت طاری ہو گیا۔ کبھی کبھی کہیں دور سے گیدڑوں کے چیخنے کی آوازیں سنائی دیتیں، تو خاموشی ٹوٹتی۔ ہماری کان کسی آہٹ پر لگے ہوئے تھے مگر دور تک شیر کی موجودگی کے آثار نظر نہ آئے۔

اصولاً جب شکاری مچان پر بیٹھتا ہے، تو قریب ہی ادھ کھائی انسانی لاش یا زندہ بچھڑے کی موجودگی ضروری ہے، اس کے بغیر شیر مچان کے نیچے نہیں آتا۔ مگر ہمارا معاملہ دوسرا تھا۔ ہم نے مچان ہی ایسی جگہ بنائی تھی جو ہمارے خیال میں شیرنی کی گزر گاہ تھی، اس لیے اسے پھانسنے کے لیے ہمیں کسی زندہ یا مردہ جاندار کی ضرورت نہ تھی۔ پھر مجھے ان پر اسرار نقوشِ پا کی بھی فکر لاحق تھی. میں پچھلی پیری کی حقیقت جاننے کے لیے بے تاب تھا۔

میرا ذہن اپنے خیالات میں الجھا ہوا تھا کہ راجو نے مجھے ہلکا سا ٹہوکا دیا۔ اسی وقت جنگل کے جنوبی حصے سے ایک مادہ چیتل کی آواز گونجتی سنائی دی۔ میں نے محتاط ہو کر پہلو بدلا اور تاریکی میں آنکھیں پھاڑ پھاڑ کر دیکھنے کی کوشش کرنے لگا۔ رات کاجل کی طرح سیاہ اور ڈراؤنی تھی اور تاریکی اتنی کہ قریب کھڑے ہوئے درخت بھی اس کا حصہ بن گئے

تھے۔

آسمان پر چاند ستاروں کی قندیلیں ضرور روشن تھیں لیکن گھنے جنگل کے باعث ان کی مدھم روشنی کسی کام کی نہ تھی۔ معاً مجھے لگا جیسے کوئی زندہ وجود کچھ فاصلے پر موجود ہے اور حالات کا جائزہ لے رہا ہے۔ رات کی تاریکی میں آدم خور درندے کی قوت سامعہ، شامہ اور باصرہ اس قدر تیز ہو جاتی ہے کہ اسے الفاظ میں بیان نہیں کیا جا سکتا۔ انہی فطری ہتھیاروں کے باعث وہ عرصہ دراز تک شکاریوں سے بچا رہتا ہے۔ لیکن میری چھٹی حس نے بتایا کہ اس وقت جو کوئی بھی آس پاس موجود ہے، وہ کم از کم شیرنی نہیں۔ میں اچھی طرح جانتا تھا کہ شیر کی موجودگی میں ماحول میں کس قسم کی تبدیلیاں جنم لیتی ہیں۔ شاید راجو نے بھی یہ بات محسوس کر لی۔ اسی لمحے ناقابل بیان حد تک تیز بدبو کا بھبکا میرے نتھنوں سے ٹکرایا۔ میں نے بے اختیار اپنی نظریں اس طرف گھمائیں جہاں سے بدبو آئی تھی۔ ادھر جھاڑیوں میں سرسراہٹ ہو رہی تھی جو وہاں کسی کی موجودگی کا پتا دیتی تھی۔ تاہم کوئی جانور مثلاً گیدڑ بھی جھاڑی ہلا سکتا تھا، اس لیے میں دم سادھے بیٹھا رہا۔

دفعتہً ایک سیاہ ہیولا جھاڑی سے نکلا اور گھرر گھرر کی آواز نکالتے ہمارے عین سامنے واقع درخت کی اوٹ میں چلا گیا۔ میں نے فوراً ٹارچ روشن کر دی مگر وہاں تو جیسے کچھ تھا ہی نہیں۔ اسے نظر کا فریب بھی قرار نہیں دیا جا سکتا تھا کیونکہ کوئی میری آنکھوں کے سامنے درخت کی اوٹ میں گیا تھا۔ راجو نے اسے دیکھ لیا تھا۔

"صاحب یہ کیا تھا؟" اس کی سرسراتی ہوئی آواز میری سماعت میں پڑی۔

میں نے کوئی جواب نہ دیا اور ٹارچ کی روشنی اسی درخت پر ڈالے رکھی۔ اس دوران میرا دل طرح طرح کے وسوسوں کا شکار تھا۔ میری شکاری زندگی میں چند بار ہی ایسا ہوا تھا کہ کوئی بھولا بھٹکا انسان عین اس لمحے جنگل میں آ ٹپکا جب میں مچان پر بیٹھا شیر کا انتظار کر

رہا تھا۔ تب میں نے بڑی مشکل سے نہ صرف درندے کو کیفر کردار تک پہنچایا بلکہ اس شخص کی جان بھی بچالی۔ مجھے لگ رہا تھا کہ میں پھر ایسی ہی کٹھن صورت حال سے دو چار ہوں۔

اس لمحے جنگل کا چپہ چپہ گہرے سکوت میں غرق ہو گیا تھا۔ میں نے رائفل پر گرفت مضبوط کر لی۔ اس کا کندا میری ران پر ٹکا ہوا تھا۔ میں بڑی احتیاط سے، آہستہ آہستہ اسے کندھے تک لانے میں کامیاب ہوا۔ تقریباً دس منٹ یونہی گزر گئے۔ رات کا بڑا حصہ بیت چکا تھا اور سردی نقطۂ عروج پر تھی۔ معاً داہنی طرف سے خفیف سی آواز آئی اور اب میں نے اس پر اپنی سماعت مرتکز کر دی۔

یوں لگتا تھا جیسے کوئی جاندار خشک پتوں پر دبے پاؤں چل رہا ہے۔ چند ثانیے بعد وہ آواز مزید واضح ہو گئی۔ اب میں اسے بخوبی پہچان سکتا تھا. آواز خشک پتوں پر بھاری جسم والے جانور کے چلنے سے پیدا ہو رہی تھی۔ رات کے اس پہر آدم خور شیرنی کے علاوہ اور کون ہو سکتا تھا؟ پرندے، حشرات الارض اور مینڈک سبھی درندے کی موجودگی سے باخبر تھے، اسی لیے انہوں نے چپ سادھ لی۔

کچھ دیر بعد مچان کے بالمقابل پتوں کے چرچرانے کی آواز سنائی دی اور لمبی لمبی گھاس میں سے شیرنی کا بڑا سا سر برآمد ہوا۔ اس کی آبگینوں کے مانند دمکتی ہوئی آنکھیں مندر کی شکستہ دیوار کے اس شگاف پر مرکوز تھیں جہاں سے غالباً وہ احاطے میں داخل ہوا کرتی تھی۔ میں نے سانس روک لی۔ میں اس وقت گولی چلانے کا خطرہ مول نہیں لے سکتا تھا جب تک کہ درندہ مکمل طور پر میرے سامنے آجاتا۔ چند ثانیے ساکت رہنے کے بعد شیرنی دو چھلانگوں میں احاطے کے اندر آگئی۔ احاطے کے اس حصے میں درختوں سے چھن کر آنے والی چاندنی نے سماں کچھ روشن کر رکھا تھا۔ میں مدہم روشنی میں یہ دیکھ کر کانپ

اٹھا کہ شیرنی نے ایک انسانی لاش اٹھا رکھی تھی۔ دیکھتے ہی دیکھتے درندے نے لاش زمین پر رکھی اور شڑپ شڑپ کی آوازوں کے ساتھ اس کا خون چاٹنے لگی۔ شیرنی شکار کو ہلاک کرنے کے بعد اس کا گوشت کھانے سے پہلے بھوک بڑھانے کی غرض سے خون چاٹتی ہے۔ اس وقت جن احساسات نے میرے وجود کا احاطہ کر لیا، انہیں الفاظ کی شکل دینا کم از کم میرے بس سے باہر ہے۔

لاش بھنبھوڑتے ہوئے آدم خور کی پشت میری جانب ہو گئی۔ میں نے سانس روک کر اس کی گردن کا نشانہ لے لیا۔ بد قسمتی سے جب میں نے ایک دم فائر کیا، تو میری انگلی پھسل گئی اور دونوں ٹرائگر ایک ساتھ دب گئے۔ یوں دونوں نالیں ایک ساتھ فائر ہو گئیں۔

چار سو پچاس ایکسپریس رائفل کے زبردست دھکے سے وہی لوگ واقف ہیں جو بھاری رائفلیں استعمال کرتے رہے ہوں۔ دونوں کارتوس ایک ساتھ چلنے کی وجہ سے میرے شانے پر ایسی زبردست ضرب لگی کہ رائفل میرے ہاتھ سے نکل گئی اور میں خود کو سنبھالنے کی ناکام کوشش کرتے ہوئے دھڑام سے چاروں شانے چت زمین پر جا گرا۔

دھماکے کی آواز کے ساتھ ہی شیرنی کے حلق سے ایسی زبردست دھاڑ برآمد ہوئی کہ میرا دل لرز گیا۔ جب اوسان بحال ہوئے، تو سامنے نظر آنے والے منظر نے میرے جسم میں سنسنی دوڑا دی. رائفل میری پہنچ سے دور پڑی تھی اور میں تیس گز کے فاصلے پر کھڑی شیرنی کو بے بسی اور خوف کے ملے جلے تاثرات کے ساتھ دیکھ رہا تھا۔ اندازہ کیجیے. غیظ و غضب کی تصویر بنی آدم خور صرف تیس گز کے فاصلے پر تھی اور میں خالی ہاتھ زمین پر چت لیٹا ہوا تھا۔

مجھے یقین ہو گیا کہ میرا آخری وقت آ پہنچا مگر خدا بھلا کرے راجو کا کہ اس نے

سنگین صورت حال میں بھی اپنے حواس بحال رکھے اور یکے بعد دیگرے دو فائر شیرنی کی جانب جھونک دیے۔ میرے فائر تو ضائع گئے ہی تھے مگر راجو کی گولیاں بھی شیرنی کا کچھ نہ بگاڑ سکیں۔ اب تو مجھے اپنی موت کا پکا یقین ہو گیا۔ اس دوران شیرنی چوکنے انداز میں میری جانب بڑھنے لگی۔

میں نے کھسک کر اپنی پشت درخت کے تنے سے لگالی۔ ادھر راجو بھی اپنی رائفل دوبارہ بھر چکا تھا۔ اس نے فائر کیا، تو اچانک درخت کی اوٹ سے نکل کر ایک سیاہ ہیولا اس کے اور شیرنی کے درمیان حائل ہو گیا۔ راجو کی چلائی ہوئی دونوں گولیاں شیرنی کو لگنے کے بجائے اس سیاہ ہیولے کے جسم سے آر پار ہو گئیں۔ اسی لمحے شیرنی ایک ہی جست میں احاطے کی دیوار پار کر کے گھنے جنگل میں روپوش ہو گئی۔ میرے اعصاب جو پہلے ہی آدم خور سے یوں اچانک آمنا سامنا ہو جانے پر تڑخ گئے تھے، اس عجیب و غریب منظر کی تاب نہ لاسکے اور آہستہ آہستہ میری آنکھیں بند ہوتی چلی گئیں۔ اس کے بعد کیا ہوا؟ مجھے کچھ یاد نہیں، بس یہ احساس باقی رہا کہ میرا ذہن اتھاہ گہرائیوں میں ڈوبتا جا رہا ہے۔

**

منہ پر ٹھنڈے پانی کے چھینٹے پڑتے ہی میں ہوش و حواس کی دنیا میں واپس لوٹ آیا۔ راجو نے میرا سر اپنی گود میں رکھا ہوا تھا اور وہی میرے چہرے پر پانی کے چھینٹے مار رہا تھا۔ کچھ فاصلے پر میلے کچیلے چیتھڑوں میں ملبوس کسی انسان کی لاش پڑی تھی۔ اس سے اتنی شدید بدبو اٹھ رہی تھی کہ مجھے ابکائی آتی محسوس ہوئی۔ چند گھونٹ پانی پینے کے بعد میرے حواس درست ہوئے تو میں نے راجو کے ساتھ اس لاش کا معاینہ کیا۔

وہ ایک کوڑھی کی لاش تھی۔ وہ بدنصیب شخص کوڑھ جیسے بھیانک مرض کی آخری منزلیں طے کر رہا تھا کہ راجو کی چلائی ہوئی گولیوں کا نشانہ بن گیا۔ شاید وہ یہ سمجھا کہ راجو

اسے گولی مار رہا ہے۔ اس زمانے میں الموڑہ، کماؤں اور دوسرے دیہی علاقوں میں کوڑھ کثرت سے پھیلا ہوا تھا۔ طبی سہولیات نہ ہونے اور جہالت کے باعث لوگ مریض کا علاج معالجہ نہیں کراتے تھے، اس لیے مرض بڑھتا رہتا۔

کوڑھی کو عام طور پر اس کے رشتے دار بھی قبول نہ کرتے اور بے چارہ جنگلوں بیابانوں میں زندگی کے آخری ایام بسر کرنے پر مجبور ہو جاتا۔ اس وقت ہمارے سامنے ایسے ہی کسی کوڑھی کی لاش پڑی تھی۔ عجیب بات یہ تھی کہ غالباً پولیو کے باعث اس کا داہنا پاؤں غیر فطری انداز میں مڑا ہوا تھا۔ مجھے یقین ہو گیا کہ الٹے قدموں کے وہ نشان اسی بدنصیب شخص کے تھے اور وہی راتوں کو تکلیف کے باعث جنگل میں چیختا بھی رہتا۔ سادہ لوح دیہاتی اسے پچھل پیری سمجھ کر اس سے خائف ہو گئے۔ نہایت بدبو دار گوشت کی وجہ سے اس چلتی پھرتی لاش سے دیگر حیوان تو کیا شیر بھی قریب نہیں پھٹکتا تھا۔

"میرے ہاتھ سے ظلم ہو گیا صاحب!" راجو کی درد میں ڈوبی آواز میری سماعت سے ٹکرائی۔ میں نے اس کی طرف نگاہ اٹھائی، تو صبح کاذب کے ملگجے اجالے میں راجو کی آنکھوں سے آنسوؤں کی لڑیاں بہتی صاف دکھائی دیں۔

"ارے بے وقوف، تو نے تو اس بدنصیب پر احسان کیا ہے۔" میں نے اس کا کندھا جھنجھوڑتے ہوئے کہا۔ "سسک سسک کر جینے سے یہ اندھی موت ہزار درجے بہتر ہے۔ ہو سکتا ہے وہ بھی مرنا چاہتا تھا ورنہ ایسے موقع پر کبھی یہاں نہ آتا۔"

دن کے اجالے میں احاطے کا معاینہ کرنے پر انکشاف ہوا کہ ہماری چلائی ہوئی گولیوں میں سے کوئی ایک شیرنی کو زخمی کر گئی تھی کیونکہ خون کے نشانات جنگل میں خاصی دور تک چلے گئے تھے۔ شیر کے شکار کا سب سے خطرناک مرحلہ اسے تعاقب کر

کے ہلاک کرنا ہے۔ مچان پر سے تو کوئی بھی درندہ بآسانی شکار کیا جا سکتا ہے مگر دو بدو مقابلے میں شکاری کی اپنی جان جانے کے امکانات بھی خاصے ہوتے ہیں۔ خصوصاً جب شیر زخمی ہو، تو خطرہ دوچند ہو جاتا ہے۔

ہم نے فوراً شیرنی کا تعاقب کرنا مناسب نہیں سمجھا اور گاؤں واپس آ گئے۔ نمبر دار ہماری بپتا سن کر حیران پریشان ہو گیا۔ ہمارے یقین دلانے کے باوجود وہ یہی سمجھتا رہا کہ جنگل اب بھی پچھل پیری سے آباد ہے۔ تاہم جب اس نے دوسرے لوگوں کے ساتھ جا کر کوڑھی کی لاش دیکھی، تو ان سب کا خوف دور ہوا اور انھیں یقین ہو گیا کہ دیہات کے باشندوں کو ایک آدم خور شیرنی ہلاک کر رہی ہے۔ ہمارے استفسار پر اس نے بتایا کہ اس گھوڑے کے مالک کا تاحال کوئی سراغ نہیں مل سکا۔

دو گھنٹے آرام کرنے کے بعد ہم نے تھانے سے شیر کے شکار میں استعمال ہونے والے سدھائے ہوئے گھوڑے منگوائے اور آدم خور کے تعاقب میں نکل کھڑے ہوئے۔ یاد رہے جوں جوں آدم خور کا تجربہ بڑھے اس کی مکاری، چالاکی اور سفاکی بڑھتی جاتی ہے۔ اس کی حسیات اتنی قوی ہو جاتی ہیں کہ وہ دور سے شکاری کی بو پا لیتا ہے اور پھر ادھر کا رخ نہیں کرتا۔ ایسے میں اگر وہ شکاری کے ہاتھوں زخمی بھی ہو جائے تو معاملہ مزید گمبھیر ہو جاتا ہے۔

دوسری طرف زخمی آدم خور کو تلاش کر کے ہلاک کرنا بڑے دل گردے کا کام ہے۔ عام طور پر شکاری، شیر تلاش کرنے کے لیے ہانکا کراتے ہیں۔ چونکہ میں پہلے دو مرتبہ ہانکے کے دوران تلخ تجربات سے دوچار ہو چکا تھا، اس لیے میں نے تہیہ کر لیا تھا کہ آیندہ کبھی ہانکے کا سہارا نہیں لوں گا۔

ہم نے زخمی شیرنی کو تلاش کرنے کی مہم کا آغاز متروک مندر سے کیا۔ خاصی دور تک

زخمی درندے کے خون کے نشانات ہماری رہنمائی کرتے رہے۔ پھلدرا کا وہ علاقہ خاصا زرخیز اور شاداب تھا۔ چھوٹے چھوٹے پہاڑ گھنے جنگلوں سے ڈھکے ہوئے تھے۔ جہاں جنگل ذرا چھدرا ہوتا، وہاں دلفریب مرغزار میلوں تک پھیلے نظر آتے۔ ان میں ہرن، چیتل، سانبھر اور دوسرے چرند پرند بکثرت گھوم رہے ہوتے۔ کہیں کہیں شیر اور چیتے بھی محو استراحت دیکھنے کو ملے لیکن ان میں کوئی بھی ہمارا مطلوبہ درندہ نہ تھا، اس لیے ہم ان سے کنی کترا کر آگے بڑھتے رہے۔

جنگل سے نکل کر ہم ایک ناہموار علاقے میں پہنچ گئے۔ وہاں اونچے نیچے ٹیلوں کی بہتات تھی۔ وہیں ایک جگہ کچی زمین پر آدم خور کے نقوش پا صاف نظر آئے۔ گزشتہ شب شیرنی نے دس میل کا فاصلہ طے کیا تھا۔ اس کا مطلب تھا کہ وہ زیادہ زخمی نہیں ہوئی تھی، بصورت دیگر وہ اتنی طویل مسافت کبھی طے نہ کر پاتی۔

ایک ٹیلے کی بلندی پر پہنچ کر ہم نے گھوڑے روک لیے۔ دوپہر کی چمکتی دھوپ میں ہمارے سامنے دس پندرہ کچے مکانات پر مشتمل ایک بستی آگئی تھی۔ شیر کے قدموں کے نشانات اسی بستی تک جارہے تھے۔ اس کے پار سبزے سے ڈھکی اونچی نیچی پہاڑیاں تھیں جن کے پیچھے پھر گھنے جنگل کا سلسلہ شروع ہو جاتا تھا۔

بستی پر چھایا موت کا سا سکوت اس کی ویرانی کا غماز تھا۔ ہم گھوڑوں کو دلکی چال چلاتے بستی میں لے گئے۔ مکان ٹوٹے پھوٹے پتھروں اور گارے سے بنائے گئے تھے جن کی چھتیں گھاس پھوس اور لکڑی سے بنی ہوئی تھیں۔ مکانات کے سامنے دور تک کشادہ میدان تھا جس میں کہیں کہیں کھیت نظر آئے مگر اب وہ بنجر ہو چکے تھے۔ ہم نے ایک دو گھروں کے اندر جھانکا مگر ٹوٹے پھوٹے گھڑوں اور پرانے کپڑوں کے سوا کچھ نظر نہ آیا۔ یوں لگتا تھا جیسے وہاں کے مکین ہنگامی حالات سے دوچار ہونے کے بعد شدید خوف و

ہراس کی حالت میں بستی خالی کر گئے ہیں۔ آدم خور کے علاقہ واردات میں کسی بستی کا ایسا حشر معمول کی بات تھی۔ ہم پہلے بھی ایسی کئی بستیاں دیکھ چکے تھے، اس لیے زیادہ حیران نہ ہوئے۔ مجھے یقین تھا کہ اس بستی کے بدنصیب مکین آدم خور سے کم اور پچھل پیری سے زیادہ خائف تھے۔

گھروں کے درمیانی راستے پر جہاں کہیں نرم مٹی تھی، وہاں ہمیں شیرنی کے پنجوں کے نشانات صاف دکھائی دیئے۔ وہ گھاس کے میدان تک جارہے تھے۔ ابھی ہم نشانات کے تعاقب میں آگے بڑھنے کا سوچ ہی رہے تھے کہ معاً جنگل میں شیر کی فلک شگاف گرج گونجی جس کے ساتھ ہی یکے بعد دیگرے رائفل کے دو دھماکے سنائی دیے۔ اگلے لمحے فضا پریوں سکوت چھا گیا گویا کچھ ہوا ہی نہیں تھا۔ ہم دونوں ششدر کھڑے ایک دوسرے کا منہ تکنے لگے۔ وہ دھماکے شناخت کرنے میں مجھے بمشکل ایک پل لگا. تین سو پچھتر میگنم نامی رائفل اس زمانے میں یا توپیشہ ور شکاریوں کے پاس ہوتی تھی یا پھر ڈاکوؤں اور جاگیرداروں کے پاس۔ بہرحال وہ خاص رائفل تھی اور کسی عام آدمی کے پاس اس کا ہونا محال تھا۔

ابھی ہم ان دھماکوں اور شیر کی گرج کے بارے میں سوچ ہی رہے تھے کہ گھاس کے میدان سے وہی آدم خور نکلتی دکھائی دی جس کی تلاش میں ہم صبح سے مارے مارے پھر رہے تھے۔ میں نے فوراً رائفل کندھے سے لگالی اور اس کی دوربین میں دیکھا کہ شیرنی کی گردن سے خون کا دھارا بہہ رہا ہے۔ یہ زخم بلاشبہ تازہ تھا۔ وہ یوں اندھا دھند بستی کی طرف بھاگی چلی آرہی تھی جیسے اس کے پیچھے کوئی بلا پڑی ہوئی ہے۔ شاید اس نے ابھی ہمیں نہیں دیکھا تھا۔

میں نے فوراً راجو کو اشارہ کیا اور ہم دونوں ایک مکان کی اوٹ میں اس طرح سے

بیٹھ گئے کہ ہم تو شیرنی کو دیکھ سکتے تھے مگر ہمارا فوراً اس کی نظروں میں آجانا ممکن نہ تھا۔ زخمی ہونے کے باوجود شیرنی اس قدر سرعت سے بھاگ رہی تھی کہ اس پر نظر نہیں ٹھہرتی تھی۔ جلد ہی وہ میدان سے نکل کر کھیتوں میں داخل ہو گئی۔ جیسے اس کا زردی مائل وجود کھیتوں سے برآمد ہوا میں نے اسے اپنے نشانے کی زد پر لے لیا۔

چند قدم دوڑنے کے بعد شیرنی نے جست لگائی، ساتھ ہی اس کے حلق سے ایسی زبردست دھاڑ نکلی کہ پورا علاقہ لرز گیا۔ حواس خمسہ پر شدید گرج کے باعث جو اثر ہوتا ہے، اس کے زائل ہوتے ہی میں نے رائفل پر گرفت مضبوط کی اور شیرنی کے سر سے چند انچ آگے نشانہ لے کر لبلبی دبا دی۔ چار سو پچاس ایکسپریس کے دھماکے سے ماحول گونج اٹھا اور ساتھ ہی ہمیں شیرنی کا رخ بدلتا نظر آیا۔ دوسرے ہی لمحے وہ زمین پر گر لوٹنے لگی۔ اس کے حلق سے ایسی دہشت ناک آوازیں نکلیں کہ قریب اڑتے ہوئے پرندے تک خوفزدہ ہو کر دور نکل گئے۔ اس دوران راجو نے بھی گولی داغ دی تھی۔

کچھ دیر بعد ہم دونوں اپنی رائفلیں شیر کے مچلتے وجود پر مرتکز کیے مکان کی اوٹ سے نکل آئے۔ ایک گولی شیرنی کے شانے کو چکنا چور کر گئی تھی جبکہ دوسری نے ریڑھ کی ہڈی کو شدید صدمہ پہنچایا تھا۔ یہ دونوں زخم اس قدر کاری تھے کہ شیرنی کا دوبارہ کھڑا ہونا ممکن نہ تھا۔ وہ گرد و غبار اڑاتی ماہی بے آب کے مانند تڑپ رہی تھی۔ میں نے رائفل لوڈ کی اور قدرے قریب جا کر اس پر خالی کر دی۔ چند منٹ بعد وہ ساکت ہو گئی. آدم خور بالآخر مر چکی تھی مگر ہمیں یقین نہ آیا، اسی لیے دیر تک اس کے قریب جانے کی ہمت نہ کر سکے۔ دس بارہ منٹ تک یہ دیکھنے کے بعد کہ شیرنی میں زندگی کی کوئی رمق موجود نہیں، ہم آہستہ آہستہ اس کے نزدیک گئے۔ شیرنی کے دانت اور پنجے گھسے ہوئے تھے۔ جلد بد رنگ اور خشک تھی۔ باریک بینی سے لاش کا جائزہ لینے کے بعد مجھے معلوم ہو گیا کہ شیرنی

بڑھاپے کی وجہ سے آدم خور بنی تھی۔

ابھی ہم شیرنی کے معاینے سے فارغ ہوئے ہی تھے کہ جنگل کی طرف سے گھوڑے کی ٹاپوں کی آواز سنائی دی۔ تھوڑی دیر بعد ایکگھوڑا جنگل سے نکل کر ہماری طرف بڑھتا نظر آیا۔ دور سے دیکھنے پر لگتا تھا جیسے گھوڑے کی پیٹھ پر کوئی بوری لدی ہے۔ جوں جوں گھوڑا قریب آیا منظر واضح ہو گیا۔ اس پر کوئی آدمی ڈھلکا پڑا تھا۔ سوار کی حالت خاصی خراب تھی۔ تقریباً تمام لباس خون رنگ ہو چکا تھا۔ کندھے اور پشت پر گہری خراشیں پڑی ہوئی تھیں جن سے ابھی تک خون بہ رہا تھا۔ زخمی ہونے کے باوجود سوار کے حواس پوری طرح مختل نہ ہوئے تھے اور اس نے دونوں بازو گھوڑے کی گردن میں حمائل کر کے خود کو گرنے سے بچایا ہوا تھا۔ گھوڑے کی پشت پر بھی خراشیں نظر آ رہی تھیں۔

ہم نے سوار کو سنبھالا اور اسے فوراً گاؤں لے آئے۔ راجو ہر قسم کے زخموں کی دیکھ بھال مہارت سے کر لیتا تھا۔ گاؤں پہنچتے ہی اس نے سوار کے زخم صاف کرنے کے بعد ان پر مرہم پٹی کر دی۔ مجھے یقین تھا کہ سوار کی یہ حالتِ زار آدم خور کے ساتھ مڈ بھیڑ ہونے کے باعث ہوئی تھی۔

پورے علاقے میں یہ خبر جنگل کی آگ کی طرح پھیل گئی کہ آدم خور شیرنی چل بسی ہے۔ لوگ دور دور سے اسے دیکھنے آنے لگے۔ پھلدرا کے باسی تو اس قدر مسرور ہوئے کہ انھوں نے ہماری شان میں باقاعدہ جشن کا اہتمام کر ڈالا۔ کچھ دن بعد زخمی سوار کے زخم بھرنے لگے اور وہ بول چال کے قابل ہو گیا۔ ایک شام راجو کے ساتھ جا کر میں نے اس کی خیریت دریافت کی۔ ساتھ ہی میں یہ بھی جاننا چاہتا تھا کہ وہ کون ہے اور کہاں جا رہا تھا۔ ہمیں جنگل سے اس کی ۴۷۵ میگنم رائفل مل گئی تھی جو غالباً تب اس کے ہاتھوں سے چھوٹ کر گر پڑی جب شیرنی نے حملہ کیا تھا۔ میں پہلے ہی بیان کر چکا ہوں کہ وہ رائفل

جاگیر داروں، ڈاکوؤں یا پھر شکاریوں کے پاس ہی ہوا کرتی تھی لہٰذا میں اس شخص کی حقیقت جاننے کے لیے بے تاب تھا۔

بڑے اصرار کے بعد وہ ہمیں اپنی آپ بیتی سنانے پر رضامند ہوا مگر اس نے میری حقیقت جاننے کے بعد مجھ سے وعدہ لیا کہ میں اس کی بابت جاننے کے بعد اسے آگے جانے سے نہیں روکوں گا۔ اس کی کہانی خاصی بے ربط تھی جسے سناتے سناتے وہ اکثر کھو جاتا، میں اپنے الفاظ میں اسے بیان کرتا ہوں۔

**

وہ پھلدرا سے بیس میل دور واقع جاگیر، ڈھلوانہ کے جاگیر دار کا اکلوتا بیٹا نرمل پانڈے تھا۔ خاصی بڑی جاگیر کا اکلوتا وارث ہونے کے ناتے اس کی پرورش بڑے ناز و نعم میں ہوئی۔ ساتھ ساتھ اسے سیر و شکار کا بھی شوق تھا۔ یوں تو اس کی زندگی میں ہر خوشی کی فراوانی تھی مگر شادی کے بعد اسے ایک دکھ نے آلیا. یہ اولاد نہ ہونے کا دکھ تھا۔

اس کی بیوی حسن و جمال اور دولت و حشمت میں یکتا تھی مگر قدرت کو اس کی گود ہری کرنا منظور نہ تھا۔ جاگیر دار کے ذاتی معالجین نے ہر طرح کے علاج معالجے آزما ڈالے مگر بے سود۔ آخر میاں بیوی نے جوتشیوں اور پنڈتوں کا سہارا لیا۔ دو ماہ کی تلاش بسیار کے بعد ان کا پالا ایک ایسے جوتشی سے پڑا جس کا دعویٰ تھا کہ وہ ناممکن کو ممکن بنا سکتا ہے۔ اس نے میاں بیوی کو ایک ایسا عمل بتایا جسے کرنے سے بقول اس کے انھیں زندگی میں ایک بار اولاد مل جاتی۔

لیکن میاں بیوی کو یہ عمل بالکل پسند نہ آیا کیونکہ کامیابی کی شرط یہ تھی کہ ایک دس ماہ کے بچے کے خون سے سر دھویا جائے۔ یہ شرط بیوی کے لیے مخصوص تھی۔

نرمل تو ایسا انسانیت سوز عمل کرنے پر راضی نہ ہوا لیکن اس کی بیوی چپکے چپکے دس ماہ

کے بچے کی کھوج میں لگ گئی۔ بالآخر اس کے ملازم نے اسے بتایا کہ پھلدرا کے ایک گاؤں میں ایک غریب کمہار کا بیٹا چند روز تک دس ماہ کا ہو جائے گا۔ جاگیر دارنی کے لیے یہ بہت بڑی خبر تھی۔ اپنی گود بھرنے کے لیے وہ کسی کی گود اجاڑنے سے بھی نہ چونکی اور غریب کمہار کا بچہ اٹھوالیا۔ چونکہ اسے خدشہ تھا کہ اس کا شوہر راہ کی رکاوٹ بن جائے گا، اسی لیے اس نے عمل کی رات نرمل پانڈے کو نشہ آور دودھ پلا کر بے ہوش کیا اور بچہ لے کر وہاں سے نکل کھڑی ہوئی۔ اس کی منزل وہی سنسان مندر تھا جہاں وہ اپنا شقی القلب عمل کرنے سے قبل خود ہی آدم خور کا شکار بن گئی۔ نرمل کے ساتھ بعد میں جو حالات پیش آئے، وہ اسی کی زبانی سنیے:

**

جیسے ہی مجھے ہوش آیا میں نے ملازموں سے اپنی بیوی کے بارے میں پوچھا۔ انھوں نے بتایا کہ وہ اپنے رشتے داروں سے ملنے گئی ہے۔ لیکن میرا دل نہیں مانتا تھا کیونکہ وہ میرے بغیر کبھی کہیں نہ گئی تھی۔ بہر حال کچھ دن انتظار کرنے کے باوجود جب اس کی کوئی خبر نہ ملی تو میں نے اس کے رشتے داروں کے ہاں جانے کی ٹھانی۔ ابھی میں جنگلوں سے گزر رہا تھا کہ ایک زخمی شیرنی سے میری مڈ بھیڑ ہو گئی۔ اس کے بعد کے واقعات سے آپ بخوبی واقف ہیں۔"

"تم نے کہا تھا کہ میں تمھاری آپ بیتی سننے کے بعد تمھیں آگے جانے سے نہ روکوں گا، مگر مجھے افسوس ہے کہ تمھارے آگے جانے کا اب کوئی فائدہ نہیں۔" میں نے گمبھیر لہجے میں کہا، تو نرمل پانڈے نے مجھے چونک کر دیکھا۔

میں نے کچھ کہنے کے بجائے جیب سے کپڑے میں لپٹا ہوا خون آلود تعویذ نکالا اور اس کے سامنے رکھ دیا۔ وہ پھٹی پھٹی آنکھوں سے تعویذ کو دیکھتا رہ گیا کیوں کہ اس پر

نرمل کی بیوی کا نام کندہ تھا۔ "یہ کیا ہے؟" اس کے منہ سے فقط اتنا ہی نکل سکا۔

"تمہاری بیوی ایک غریب کے بچے کا بلیدان دینا چاہتی تھی۔" میں نے سرسراتی ہوئی آواز میں جواب دیا۔ "مگر قدرت نے اسے آدم خور کا لقمہ بنا ڈالا۔"

یہ کہہ کر میں نے اسے غم و اندوہ کی تصویر بنا چھوڑا اور راجو کے ساتھ کمرے سے نکل آیا۔

"راجو۔" میں نے پائپ سلگاتے ہوئے کہا۔ "شکر ہے کہ آدم خور کے ساتھ ساتھ ایک ڈائن بھی قدرت کے غیبی ہاتھ کا شکار ہو کر کیفر کردار کو پہنچ گئی۔"

* * *